SPANISH jF ADA Alma
Con cariño
Ada, Alma

D0517321

Con cariño, Amalia

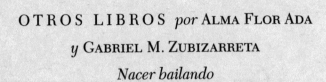

OTROS LIBROS *por* ALMA FLOR ADA
y GABRIEL M. ZUBIZARRETA

Nacer bailando

OTROS LIBROS *por* ALMA FLOR ADA

Me llamo María Isabel

Allá donde florecen los framboyanes

Bajo las palmas reales

Me encantan los Saturdays y los domingos

Cuentos que contaban nuestras abuelas:
Cuentos populares hispánicos

Querido Pedrín

Atentamente, Ricitos de Oro

¡Extra! ¡Extra! Noticias del bosque escondido

El unicornio del oeste

Con cariño, Amalia

ALMA FLOR ADA

y

GABRIEL M. ZUBIZARRETA

ATHENEUM BOOKS *for* YOUNG READERS
NUEVA YORK LONDRES TORONTO SYDNEY NUEVA DELHI

atheneum

ATHENEUM BOOKS FOR YOUNG READERS

An imprint of Simon & Schuster Children's Publishing Division

1230 Avenue of the Americas, New York, New York 10020

Este libro es una obra de ficción. Cualquier referencia a eventos históricos, personas reales, o lugares reales han sido usados en forma ficticia. Otros nombres, personajes, lugares, y situaciones son productos de la imaginación de los autores y cualquier semejanza a situaciones, lugares, o personas, vivas, o difuntas, es una coincidencia.

Copyright © 2012 por Alma Flor Ada y Gabriel M. Zubizarreta

Todos los derechos reservados, incluso el derecho a reproducción del texto en su totalidad o en parte, en forma alguna.

ATHENEUM BOOKS FOR YOUNG READERS es una marca registrada de Simon & Schuster, Inc.

El logo Atheneum es una marca de Simon & Schuster, Inc.

Para información sobre descuentos especiales en compras al por mayor, favor de dirigirse a Simon & Schuster Special Sales en el 1-866-506-1949 o a business@simonandschuster.com.

El Simon & Schuster Speakers Bureau puede facilitar la presencia de autores en sus eventos. Para recibir mayor información o contratar un evento, contacte a Simon & Schuster Speakers Bureau en el 1-866-248-3049 o visite nuestra página de Internet www.simonspeakers.com.

Diseño del libro por Hilary Zarycky

El texto de este libro ha sido compuesto en Caledonia.

Manufacturado en los Estados Unidos de America

0613 OFF

First Atheneum Books for Young Readers paperback edition July 2013

10 9 8 7 6 5 4 3 2 1

The Library of Congress has cataloged the hardcover edition as follows:

Ada, Alma Flor.

[Love, Amalia. Spanish]

Con cariño, Amalia / Alma Flor Ada, Gabriel M. Zubizarreta. — 1st ed.

p. cm.

Summary: Sixth-grader Amalia learns many important life lessons while spending Friday afternoons with her beloved grandmother, and the teaching goes on even after Abuelita's sudden death as Amalia finds a way to connect with relatives and a friend who has moved away.

ISBN 978-1-4424-2405-0 (hardcover)

[1. Grandmothers—Fiction. 2. Loss (Psychology)—Fiction. 3. Mexican Americans—Fiction. 4. Family life—Illinois—Fiction. 5. Letters—Fiction. 6. Chicago (Ill.)—Fiction. 7. Spanish language materials.] I. Zubizarreta, Gabriel M. II. Title.

PZ73.A243268 2012

[Fic]—dc23

2011034830

ISBN 978-1-4424-2406-7 (paperback)

ISBN 978-1-4424-2407-4 (eBook)

A Felicitas Gabaldoni de Zubizarreta,

que quiso tanto a sus nietos, en el recuerdo.

A Alma Lafuente de Ada, abuela y bisabuela

de mis hijos y nietos, y a la memoria de Mireya Lafuente, que,

sin haber sido madre del modo usual, fue madre,

abuela, y bisabuela de toda la familia.

A Sherrill Brooks, Dolores Pudelski, Irene Davis, y Benicia

Zamperlini, compartiendo el amor por nuestros nietos comunes.

A. F. A.

Es posible cambiar una vida cuando se demuestra interés. Sobre

todo cuando el interés se demuestra sin esperar nada a cambio.

Con reconocimiento y gratitud a dos personas que cambiaron

mi vida gracias a la atención que me prestaron por largo tiempo.

Me siento dichoso de haber contado con su amistad y sé que

nunca podré recompensar su generosidad y cuidado.

Gracias, Roger Guido y Chuck Robel, en mi nombre y en el de

todos a los que tan noblemente han ayudado.

Trataré de seguir su ejemplo.

G. M. Z.

AGRADECIMIENTOS

Agradecemos la contribución de nuestra familia durante la creación de este libro. Jessica Zubizarreta leyó las distintas versiones del manuscrito e hizo acertadas sugerencias. Hannah Brooks ofreció su apoyo editorial. Durante el proceso de escritura del texto, Isabel Campoy añadió a su ayuda incondicional valiosas recomendaciones que enriquecieron a los personajes.

También apreciamos y agradecemos los comentarios que, con tanto acierto y generosidad, nos proporcionaron Lolita Ada, Mary Anderson, Sherrill Brooks, Dave Broughton, Liliana Cosentino, Mary Nieves Díaz Méndez, Pat Dragan, Sue Fox, Beverly Vaughn Hock, Valerie Lewis, Elaine Marie, Suni Paz, Julia Roure, Norma Tow, Vienna Vance, Camille Zubizarreta, y Timothy Zubizarreta. A todos, muchas gracias.

Nuestra gratitud a Lindsay Schlegel y a Namrata Tripathi, que acogieron este manuscrito en Atheneum. Un reconocimiento especial a Namrata Tripathi por su invalorable apoyo. Es un privilegio tenerla como editora. Nuestro agradecimiento también a Emma Ledbetter, por la sugerencia del título, a Michelle Fadlalla, a todo el eficiente y entusiasta personal de Simon & Schuster y a nuestra agente literaria, Adriana Domínguez.

Mientras haya
quien entienda la hoja seca,
falsa elegía,
preludio distante a la primavera.

—Pedro Salinas, *Confianza*.

ÍNDICE

1. Melcocha casera

—¿Qué te pasa, Amalia? ¿Qué es lo que te preocupa?

La abuela quitó del fuego la olla en la que había hervido la miel, para que se enfriara un poco. Luego se secó la frente con un pañuelo de papel y miró a su nieta. Por la pequeña ventana sobre el fregadero entraba la luz del atardecer. Los geranios, en varias macetas, añadían una nota de tenue color rosado.

—Estás muy callada, hijita. Dime lo que te preocupa—insistió su abuela—. Se ve que te pasa algo.

—No me pasa nada, abuelita, de verdad, estoy bien. . . .

Amalia trató de usar un tono convincente, pero la abuela continuó:

—¿Es porque Martha no ha venido contigo hoy? ¿Está bien?

Hacía tiempo que Amalia tenía la costumbre de ir a la casa de su abuelita los viernes por la tarde. Durante los dos últimos años, desde que empezaron el cuarto grado, su amiga Martha la acompañaba. A lo largo de la semana Amalia esperaba con ilusión ese momento. Pero hoy era diferente.

Se demoró antes de contestar:

—Ya no va a venir, abuelita. ¡Nunca más!

A pesar de sus esfuerzos, la voz se le quebró y algunas lágrimas se asomaron a sus ojos castaños.

—Pero ¿por qué, hijita? —preguntó su abuela con un tono cálido. La abrazó con cariño y esperó a que su nieta le explicara lo que sucedía.

Amalia sacudió la cabeza con un gesto frecuente en ella cuando estaba cansada. Y el pelo largo le barrió los hombros. Solo entonces respondió:

—Martha se va. Su familia se muda al oeste, a algún sitio en California. ¡Tan lejos de Chicago! Hoy se fue a la casa directamente desde la escuela para empacar. ¡No hay derecho!

—Tiene que ser muy difícil para ti.

Su abuelita había hablado con una voz llena de comprensión, y Amalia suspiró.

Se quedaron en silencio por un momento. La

luz del sol, cada vez más tenue, se iba apagando, y la miel, que había hervido por tanto rato, iba enfriándose y convirtiéndose en una masa oscura cuyo aroma llenaba el aire de la cocina.

—¿Qué te parece si estiramos la melcocha? —preguntó la abuela mientras levantaba la vieja olla de bronce y la ponía sobre la mesa de la cocina. Luego echó la pegajosa melcocha en un tazón de porcelana gruesa con un borde amarillo brillante. Amalia había imaginado alguna vez que ese tazón era como un pequeño sol en la cocina. Pero hoy estaba demasiado disgustada y veía apenas una pesada vasija sin asas.

Se lavaron las manos cuidadosamente en el fregadero y se las secaron con un pañito de cocina. Cada paño tenía bordado en punto cruz un día de la semana con un color distinto. Y su abuela siempre elegía el del día correspondiente. En el que estaban usando podía leerse VIERNES en un profundo azul marino.

Con esos paños, la abuelita le había enseñado los días de la semana y el nombre de los colores en español. Con frecuencia Amalia se sorprendía al darse cuenta de todo lo que había aprendido de su abuela.

Cuando se hubieron secado las manos, se las

untaron de mantequilla para impedir que la melcocha se les pegara en los dedos o les quemara la piel. Con una cuchara grande de madera, la abuela echó una porción para cada una de la melcocha que se enfriaba en el tazón.

A medida que la estiraban y la amasaban una y otra vez, la melcocha fue aclarándose y volviéndose más ligera. Entonces empezaron a hacer rollitos de color ámbar y los ponían en trozos de papel encerado. ¡Qué cambios podían producirse en los ingredientes al cocinarlos!

Amalia había ayudado a estirar la melcocha muchas veces, pero nunca dejaba de maravillarla cómo cambiaba de color con solo estirarla y amasarla y estirarla de nuevo. Iba de marrón oscuro a un tono rubio, como el color del pelo de Martha.

El recuerdo de Martha la hizo fruncir el ceño. Pero si su abuela lo notó, no hizo ningún comentario. En cambio, le dijo:

—Lávate bien las manos. Vamos a sentarnos un ratito mientras la melcocha se enfría.

Antes de lavarse las manos, Amalia se chupó los dedos. Nada era tan rico como «limpiarse» después de cocinar. La mantequilla mezclada con la melcocha formaba un caramelo que sabía tan bien como la masa que «se limpiaban» con Martha cuando horneaban galletitas en la casa de su amiga.

Una vez que se hubo lavado y secado las manos, Amalia fue con su abuelita a la sala. Se sentaron en un sofá de tapiz floreado que alegraba la habitación como si un trozo del jardín estuviera dentro de la casa. A la abuelita le encantaban los colores de la naturaleza, como podía verse en cada uno de los rincones de su hogar.

—Sé lo difícil que es aceptar que una persona querida se marche... Primero uno se enfada, luego se pone triste, y después parece tan imposible que uno desea negarlo. Pero cuando se hace evidente que es verdad, regresan la rabia y la tristeza, a veces más dolorosas todavía que antes. . . . Lo he vivido ya varias veces.

Amalia escuchó con atención, tratando de adivinar a quién se refería su abuela. ¿Estaba pensando en sus dos hijos, que vivían tan lejos?, ¿o en la hija, que siempre prometía venir a Chicago desde la ciudad de México a visitarla y nunca lo hacía?, ¿o se estaba refiriendo a su esposo, que había muerto cuando Amalia era tan pequeña que no se acordaba de él?

—Pero se encuentra el modo de mantenerlos cerca, Amalia.

Sonriendo, como si se le acabara de ocurrir algo, añadió:

—Ven, acompáñame.

Se levantó y le indicó que la siguiera al comedor.

Lo único que Amalia quería era acabar la conversación. Ya era terrible que Martha le hubiera dicho que le tenía una sorpresa, y luego resultara que la sorpresa era que estaba a punto de mudarse lejísimo. La ida de Martha parecía tan definitiva y permanente que Amalia odiaba siquiera imaginarlo. Y hablar de ello solo la hacía sentirse peor. ¡Cómo hubiera querido no tener que esperar a que su padre fuera a buscarla y poder irse a su casa! Quizá entonces podría llamar a Martha y oírla decir que todo había sido un gran error y que, en realidad, no se estaba mudando. Y todo desaparecería como se esfuman las pesadillas al despertar.

2. Tarjetas de Navidad

Fueron al comedor. Antes de sentarse a la mesa, la abuelita puso un CD en el reproductor. Amalia no podía recordar haber estado nunca en la casa de su abuela sin que hubiera alguna música suave de trasfondo. Sobre el mantel de encaje que cubría la amplia mesa, había un grupo de tarjetas de Navidad; varias hojas secas, rojas, y doradas; y una caja de madera de olivo que Amalia reconoció enseguida. Sabía que en esa caja su abuela guardaba tarjetas y cartas de parientes y amigos cercanos. Dentro había también fotos de familia y algunas cartas viejas atadas con cintas. A Amalia le encantaba sentir las suaves ondulaciones de la madera pulida que había sido acariciada tantas veces.

—¿Ya estás escribiendo tus tarjetas de Navidad, abuelita? Todavía faltan casi tres meses para las Navidades.

Amalia se alegró de cambiar de tema y agregó:

—¿Para qué son esas hojas secas?

—Me gusta preparar mis tarjetas con calma. De ese modo puedo pensar con cuidado lo que quiero poner en cada una. ¡Son tantas las cosas que quisiera decir!

Después de un instante, casi como si hablara para sí misma, murmuró:

—He cometido grandes errores en la vida por no pensar antes de hablar.

Amalia se sorprendió. Su abuela parecía siempre tan calmada, tan segura de sí misma. Era casi imposible imaginar que cometiera un error por impulsiva.

Mientras leía lo que ya había escrito en la tarjeta que tenía empezada, la abuela continuó:

—Como te decía, es necesario encontrar modos de mantener cerca a nuestros seres queridos, aun cuando estén lejos. Este año he decidido enviar un trocito de mi patio con cada tarjeta. En esta época, mis hijos y yo pasábamos muy buenos momentos preparándonos para las fiestas. Así que he recogido algunas de las primeras hojas de este otoño para recordarles aquellos tiempos. ¡Mira ésta! ¿Ves qué rojo tan hermoso? Algo que siempre me ha gustado de esta casa es ver cómo el follaje de los árboles cambia de color con las estaciones. Así sucede con las cosas que queremos: nacen, florecen por un tiempo, y luego se desvanecen. Y algunas veces pueden reaparecer u otras tomar su lugar.

Mientras le mostraba las hojas a su nieta, una por una, añadió:

—Hay un poema que me gusta mucho. Dice que una hoja seca no es una elegía, un canto a la muerte, sino un preludio, una promesa de la primavera lejana.

La abuelita pareció quedarse perdida en sus pensamientos por un momento, pero enseguida prosiguió:

—Antes de escribir en cada tarjeta, me gusta leer las que he recibido de la persona a quien se la voy a enviar. Eso me recuerda que no soy solo yo quien desea mantenerse en contacto. ¿Quieres ver algunas de las que recibí el año pasado?

—Bueno . . .

Amalia apartó un mechón de cabellos que le caía sobre la cara. Le encantaba oír las historias de su abuela, sobre todo cuando eran de la familia. Los parientes lejanos, a algunos de los cuales ni siquiera conocía, cobraban vida cuando la abuelita le hablaba de ellos. Incluso las cosas que habían ocurrido hacía mucho tiempo, como la historia de la llegada de los padres de sus abuelos a Chicago desde México, se hacían tan vívidas que a Amalia le parecía haber estado presente cuando sucedieron. Hoy, sin embargo, no tenía muchos deseos de escuchar, pero hizo un esfuerzo para mostrar algún entusiasmo:

—Cuéntame de las personas que te las enviaron.

La abuelita fue sacando las tarjetas. Cada una la llevaba a contar algo y aunque había hablado de esos familiares muchas veces antes, a Amalia le parecía que estaba agregando detalles a los relatos.

Mostrándole una tarjeta con un paisaje tropical, habló de su hijo mayor, Patricio, que se había enamorado de una muchacha costarricense que había conocido en la Universidad de Chicago. Poco después de graduarse se casaron y como ella quería estar cerca de su familia, se fueron a Costa Rica.

—Le preocupaba irse a vivir tan lejos de mí. Yo le recordé que nosotros también nos habíamos venido a vivir muy lejos de donde nacimos. Algunas veces eso es necesario. Ahora tengo una nuera magnífica y nietos, pero ha sido muy duro que mi hijo mayor viva tan lejos de mí. Sin embargo, ellos se quieren y son una familia feliz, y eso, Amalita, es uno de los mayores regalos de la vida. Mira qué contentos se ven en esta foto que se tomaron al llegar a Costa Rica.

A Amalia no le era fácil imaginarse al tío Patricio y a la tía Graciela como dos jóvenes enamorados. Acababa de ver las fotografías recientes que ellos le habían enviado a su madre: el tío Patricio era un señor bastante calvo y la tía Graciela una señora bastante imponente, pero, en la imagen que le mostraba su abuela, se veía a una pareja joven debajo de una palma real, mirándose con adoración, casi como en el cartel de una película. La abuelita dejó sobre la mesa la tarjeta y la foto.

—Algún día tendrás que ir a visitarlos a Costa Rica. Es un lugar precioso.

La tarjeta siguiente, que decía «Feliz Navidad» en letras grandes, tenía la forma de un enorme árbol de Navidad. La abuelita la abrió y la leyó en silencio, muy despacio, como si se detuviera en cada palabra.

—Tu tío Manuel es una persona admirable, Amalita. Cuando mi hermano, tu tío abuelo Felipe, dijo que se le estaba volviendo muy difícil seguir haciéndose cargo de nuestro viejo rancho por sí solo, Manuel se fue a México para ayudarlo. ¿A quién conoces tú que se vaya a México a trabajar en un rancho? Mucha gente dice que le gustaría volver, pero la verdad es que la mayoría viene y se queda. Pero no tu tío, no mi hijo Manuel. Él sigue pensando que esa tierra ha sido muy importante para la familia y que él no debe abandonarla. Así que, aunque nació y creció aquí en Illinois, se fue y aprendió a ocuparse del rancho. Y lo ha hecho muy bien. Hubo un momento en que temí que tu tío no llegara a ser como es. Cometió algunas tonterías mientras estudiaba en la escuela secundaria y no llegó a graduarse. Tu abuelo estuvo muy enojado con él y a mí se me partía el corazón.

Se detuvo por un instante, y Amalia se dio cuenta del dolor que esas memorias le causaban; pero entonces su abuela sonrió.

—Sin embargo, es él quien ha salvado el rancho. Cuando empezó a decir que iba a cultivar la tierra en forma orgánica, muchos se rieron de él. Pero lo ha conseguido y le va muy bien. No hay tomates que compitan con los que él cultiva.

Amalia siguió escuchando con interés. La reconfortaban las historias de la familia. Y especialmente hoy, después de que la noticia de Martha la había sacudido tanto, era bueno volver a oír palabras repetidas en tantas ocasiones:

—¡Ay, hijita, cuánto hemos querido ese rancho! Allí nacimos mi hermano Felipe y yo . . . ¡en la mesa de la cocina! No había médico, por supuesto, y nacimos con la ayuda de mis tías. ¡Quién hubiera pensado que yo terminaría viviendo tan lejos!

Cuando me casé, tu abuelo Julián comprendió cuánto extrañaba yo el rancho. Fuimos una vez antes de que nacieran los niños y luego regresamos en varios veranos con los chicos aún pequeños. A medida que iban creciendo ya no nos resultaba tan fácil ir. Pero ¡cuánto disfrutamos todos esas temporadas allí!

A Amalia le parecía que, al hablar de esas memorias lejanas, los ojos de la abuela brillaban como el lago cuando los rayos del sol lo iluminaban al mediodía. Hubiera querido que la abuela la levantara y la abrazara muy fuertemente como hacía cuando era pequeña, asegurándole que pertenecía a algo que nunca cambiaría. Pero mientras ella había crecido, su abuela parecía haberse encogido, así que dejó que fuera la ternura de su voz la que la abrazara.

Mostrándole una tarjeta con una gran flor de Pascua, la abuela empezó a hablar de su hija Amalia, que vivía en la ciudad de México y creaba vestuarios para actrices de cine y televisión.

—Otra que regresó . . . Mi hija está totalmente enamorada de la capital. Desde que era una niñita le encantaban los vestidos. Los dibujaba con lápices de colores y luego los recortaba para sus muñecas de papel. Cada muñequita tenía todo tipo de prendas: para ir al trabajo, para jugar, para viajar, para ir al teatro, para ir a bailes y a fiestas . . . ¡no puedes imaginarte cuánta ropa!

Su abuela abrió los brazos, como para abarcar la amplia mesa, y Amalia se la imaginó cubierta de ropa de papel de todos los colores.

—Por eso vive en México, en la capital, en el D. F. Dice que en Hollywood nunca podría tener las mismas oportunidades, pero en México viste a las actrices más famosas. . . .

Hizo una pausa, y cuando habló de nuevo, había alegría en su voz.

—No te puedes imaginar, mi amor, cómo jugaban tu mamá y tu tía cuando eran niñas. Bueno, tú sabes que tu madre quiso que te llamaras Amalia como su hermana. Eran inseparables. Saltaban a la cuerda o jugaban a los *jackies* siempre juntas. Lo que más les gustaba, además de las muñecas de papel, era jugar en el patio. Se subían a los árboles, se perseguían, construían castillos imaginarios y simulaban ser princesas. En el verano, tu abuelito les llenaba de agua una piscinita de plástico y les encantaba bañarse en ella. Era muy pequeña, pero no les importaba . . . estaban juntas.

Posiblemente, la abuelita hubiera continuado contando historias, pero la interrumpió el sonido de alguien que llamaba a la puerta. Ya había oscurecido, y Antonio, el padre de Amalia, venía a buscarla.

Cuando se estaban despidiendo, su abuela la abrazó y le susurró al oído: «Encontrarás el modo de seguir en contacto con Martha. . . . »

Ya en el auto, Amalia pensó en esas palabras.

Le habían revivido el dolor que por un momento había olvidado oyendo las historias de la familia.

«No sé si quiero seguir en contacto con ella. . . . —pensó—. Es muy doloroso querer a alguien que no está aquí».

3. Una mudanza

Las mañanas de los sábados eran usualmente tranquilas en la casa de Amalia. Nadie sentía presión para levantarse temprano en el principio del fin de semana. Rocío, la madre, tocaba algún disco, llenando la casa de música suave. «Lo mismo que abuelita —pensaba Amalia al despertase—, madre e hija son tal para cual». Aunque, a diferencia de las canciones que le gustaban a su abuela, su madre prefería canciones del rock clásico y le había contado muchas veces cuánto entusiasmo suscitaban en los años sesenta. Pero a ella le parecía difícil que alguien pudiera encontrarlas fascinantes.

A Rocío también le gustaba cocinar y los sábados preparaba algo especial para el desayuno y el almuerzo, mientras Antonio recogía flores y ramas del patio. Siempre conseguía armar arreglos florales hermosos, incluso con los elementos simples que encontraba en el patio.

—Nada es excesivo para crear un buen fin de semana —acostumbraba decir.

Y si su madre se empeñaba en cocinar algo diferente y su padre en decorar la mesa, Amalia buscaba qué ponerse para salir con Martha. Usualmente, Martha elegía el lugar. A veces iban al parque o al patio de juegos de la escuela, pero casi siempre terminaban en la biblioteca, el sitio favorito de Amalia. Como durante toda la semana tenía que usar uniforme, era divertido poder cambiar de ropa, aun cuando fuera muy sencilla. Hoy había bajado a desayunar con la camiseta del primer equipo de fútbol en que había jugado, como si la tela suave y gastada la reconfortara. Acababa de sentarse a la mesa cuando sonó el teléfono.

—Por favor, contéstalo, cariño —le pidió su madre mientras sacaba del horno la quiche que había preparado.

En cuanto Amalia contestó la llamada y reconoció la voz, se puso tensa: no tenía ningún deseo de hablar con Martha. Su amiga sonaba apresurada y excitada mientras le decía que iba camino a su casa.

—Es el único momento en que podré verte y despedirme.

—Pero yo creía que no te irías hasta dentro de tres semanas —se quejó Amalia, sorprendida por el anuncio de la partida súbita.

—Mi madre decidió que, puesto que vamos a mudarnos tan lejos de sus padres, debemos pasar las dos próximas semanas en Grand Rapids con ellos.

—Pero ¿y las clases? —insistió Amalia, que no quería aceptar lo que Martha le explicaba.

—Mis padres opinan que no importa si mis hermanas y yo faltamos un par de semanas. Vamos a empezar en una escuela nueva, y todo va a ser distinto. Creen que es más importante que pasemos un tiempo con nuestros abuelos. Papá se quedará aquí para empaquetar. Le va a tocar hacer todos los arreglos para la mudanza, para que mis hermanas y yo vayamos con mamá a pasar unos días con los abuelos.

Amalia no deseaba oír nada más. Cuando Martha anunció que la vería después de un rato, simplemente le contestó:

—Bueno . . .

Y colgó el teléfono. Se fue corriendo a su cuarto como hacía siempre que se sentía disgustada. Esta vez cerró la puerta de un portazo y se sentó en la alfombra junto a la ventana y se abrazó a su cojín favorito.

—Amalia, ¿era Martha? —la madre estaba de pie en la puerta del cuarto, con un paño de cocina en la mano—: ¿Puedo pasar?

—Claro, mamá . . .

Amalia hubiera preferido no hablar con nadie, pero se daba cuenta de que ya había interrumpido la paz de la mañana del sábado y lo mínimo que debía hacer era tratar a su madre con amabilidad.

—¿Quieres contarme lo que pasa? —le preguntó su madre con cariño. Y como ella no contestó, añadió—: ¿Quién se va?

La noche anterior Amalia no les había dicho nada a sus padres sobre la ida de Martha, como si, al no mencionarlo, no fuera a suceder. Pero el hecho ya estaba allí, delante de ella: Martha y su madre llegarían en un momento a despedirse.

—Es Martha, mamá, se muda. . . . Me lo dijo ayer. Su padre ha aceptado un nuevo trabajo. Se van a la costa del oeste, a algún lugar *estúpido* en California. . . .

Amalia sabía muy bien que a su madre no le gustaba que dijera «estúpido», pero el decirlo bien alto la hizo sentir un poco mejor. Comprendió que aunque su madre tenía que haberla oído, había decidido que no era el mejor momento de corregirla.

—Ay, hijita, lo siento mucho. Martha y tú han sido siempre tan buenas amigas . . .

—No importa, Mami. . . . Pero no quiero hablar de ello. . . . Lo malo es que viene hacia acá. Su madre la está trayendo para que se despida. —Luego, en voz más baja añadió—: Yo preferiría no verla. La verdad es que no quiero hablar con ella. . . .

—Creo que debes verla y hablar con ella antes de que se vaya. No vas a sentirte bien después si no lo haces. ¿Te gustaría darle un regalo de recuerdo?

—Mamiiii . . . por favor . . .

Se levantó de la alfombra muy enojada y tiró el cojín sobre la cama. Su madre estaba intentando ayudarla, como lo hacía siempre, sin embargo, nada iba a mejorar esta situación.

«No quiero *hablar* de Martha. No quiero *pensar* en Martha. Ni siquiera quiero *ver* a Martha ni *oír* cómo se despide.»

Había tratado de no crear un problema, pero ¿de qué servía ser amable si lo único que conseguía era que los demás siguieran hablando sobre lo que ella no quería oír? ¿Por qué no la dejaban en paz?

Su madre comprendió cuán disgustada estaba Amalia y la abrazó:

—Lo siento, amor, lo siento mucho. —Y cuando ya salía de la habitación, le pidió con cariño—: Por favor, baja a terminar tu desayuno.

Martha y su madre llegaron cuando Amalia estaba ayudando a recoger la mesa. La madre de Amalia abrió la puerta y Martha entró alegre como siempre. Mientras cruzaba, casi saltando, la habitación, su pelo rubio y ondulado se mecía al compás de sus pasos.

Amalia miraba a su amiga y le acudían a la mente numerosos pensamientos. «¿Cómo puede estar tan indiferente a todo esto? ¿No le importa nada nuestra amistad? Vamos a separarnos para siempre. . . .»

Los padres de Amalia les ofrecieron café y pastelitos.

—Gracias —la madre de Martha recibió la taza de café que Antonio le había servido aunque se sentó al borde del sofá, ya preparada para irse.

—Lamento que apenas tengamos unos minutos. Pero no quería irnos sin despedirnos de ustedes. Han sido siempre muy amables y deseaba agradecerles una vez más personalmente.

La señora Johnson se dirigía a los padres de Amalia tanto como a ella.

—Todo esto ha sido una sorpresa, totalmente inesperada. De repente a Karl le hicieron una oferta extraordinaria, y necesitaban una respuesta inmediata. La propuesta era tan buena que no podía rechazarla. Todo es tan súbito. . . .

La avalancha de palabras que salían con tanta velocidad de la boca de la madre de su amiga hicieron que Amalia pensara en una tormenta de granizo, con la diferencia de que a ella le encantaba oír el granizo repicar en el techo, mientras que esta lluvia de palabras solo conseguía disgustarla más y más.

—Mis padres no pueden creer que nos vayamos a mudar tan lejos —siguió explicando— porque a mi madre no le gustan los aviones. Insistió en que mis hijas y yo nos pasemos estas dos últimas semanas con ellos, en Grand Rapids. El pobre Karl se va a quedar aquí haciéndose cargo de todos los arreglos. Va a tener que empaquetarlo todo él solo. Afortunadamente la compañía que lo ha contratado va a pagar por todos los gastos de mudanza.

Yo nunca en mi vida he contratado una agencia de mudanza. . . . Él se encontrará con nosotras en Grand Rapids. Vamos a volar todos juntos de allí a Los Ángeles. Será el primer viaje a California para las chicas y para mí. Por supuesto, las mellizas no hacen más que hablar de ir a Disneylandia.

Cuando se detuvo, Amalia, pensando que había terminado, se dijo: «Por fin se le acabó la cuerda».

Pero, después de respirar profundamente, la señora Johnson continuó:

—Karl les manda sus saludos. Está ocupado empaquetando. Martha y yo tenemos que despedirnos de muchas personas esta tarde y no debemos tardarnos demasiado. Karl va a apreciar que regresemos a ayudarlo, sobre todo porque está cuidando a las otras dos niñas que exigen mucha atención, sobre todo ahora que están tan excitadas con el viaje a California. ¡Todavía tenemos demasiado por hacer!

Y se recostó contra el espaldar del sofá como si se fuera a desmayar de cansancio.

«Por eso a Martha no le importa irse. . . . —pensó Amalia—. Está portándose como su madre, creen que es la ocasión más alegre para todos, sin siquiera darse cuenta de que es un desastre para otros. . . .»

Ensimismada en sus pensamientos, Amalia casi no oyó las palabras de Martha:

—Esto es para ti. Son cosas que quería darte. Aquí encontrarás mi nueva dirección, para que puedas escribirme enseguida. Mi padre me ha prometido comprarme una computadora tan pronto lleguemos a California, y voy a tener una cuenta de email. Si tú abres una, podremos enviarnos mensajes.

Y Martha le entregó un sobre grande y grueso.

—Es la tarjeta más divertida que pude encontrar. . . . Te va a hacer reír.

Amalia no creía que hubiera tarjeta alguna que pudiera hacerla reír. Se la agradeció, pero sin ningún entusiasmo. Les dio un abrazo rápido a ella y a su madre y, cuando se fueron, se sintió aliviada.

«Decir adiós es una estupidez», pensó mientras subía a su cuarto. De nuevo se sentó en la alfombra, junto a la ventana. Esta vez tenía un libro abierto sobre las piernas, pero no leyó ni un renglón.

4. Las mejores amigas

A Amalia se le hacía muy difícil aceptar que, después de haber compartido tanto con ella, Martha se fuera a vivir tan lejos. Habían sido compañeras de escuela desde que estaban en primer grado y ahora estaban en sexto. Durante esos años se habían acostumbrado a pasar mucho tiempo juntas. Aunque eran muy distintas, todos sus compañeros sabían que eran amigas íntimas. Ir a la casa de la abuelita de Amalia los viernes por la tarde después de clases era una de las muchas cosas que disfrutaban compartir.

Cuando nacieron las hermanitas mellizas de Martha, sus padres le regalaron una bicicleta. Y como las bebitas les ocupaban mucho tiempo, el padre de Amalia era quien llevaba a Martha al parque para que ambas montaran en bicicleta.

El verano anterior se habían inscrito en el equipo de fútbol de la escuela, con el sueño de que algún día ganarían un campeonato.

Sabían transformar todas las cosas en un juego. Les encantaba ir a la biblioteca. Las hacía sentir millonarias el saber que podían llevarse a casa cualquier libro que quisieran. A veces llevaban hasta diez cada una. Sus visitas a la biblioteca se convirtieron en un juego de adivinanzas.

Usualmente, Martha era la primera en hacer un desafío.

—Te apuesto a que adivino más títulos que tú.

Miraban juntas los libros de los estantes, elegían los que más les interesaban y se acomodaban en una de las mesas que había en el centro de la sala para hojearlos con más calma y decidir cuáles iban a llevarse. El juego comenzaba cuando cada una escribía en una hoja de papel los títulos de cinco libros que iba a sacar prestados y los cinco que pensaba que la otra elegiría.

—Hiciste trampa —decía la que perdía. Pero si quedaban empatadas, ambas insistían—: Yo elijo el desempate.

Se les hacía difícil no echarse a reír en la biblioteca cuando se daban cuenta de cuántos títulos habían podido adivinar.

A Amalia le encantaban los relatos que se desarrollaban en ambientes naturales, como *Julia y los lobos, Mi lado de la montaña* y *La isla de los delfines azules*. Y porque soñaba con ser escritora algún día, le gustaba leer autobiografías de escritores. Su favorita era la de Lee Bennet Hopkins, *Been to Yesterdays*. La había leído varias veces, y siempre descubría algo nuevo.

A Martha le gustaban los libros de misterio con mucha acción. También disfrutaba los que usaban el humor en forma original, como la Serie de eventos desafortunados, de Lemony Snicket, y los libros de Roald Dahl. Últimamente había comenzado a leer libros con personajes latinos. *Devolver al remitente,* de Julia Álvarez, la había ayudado a comprender la realidad de los nuevos inmigrantes. Al igual que los inmigrantes del pasado, contribuyen con su trabajo al desarrollo del país, pero no los recibe una Estatua de la Libertad con las palabras que había memorizado en su clase de Historia: «Denme a los agotados, a los pobres, a las masas hacinadas que aspiran a respirar en libertad . . . ».

Aunque el libro la había conmovido, no le era fácil hablar con Amalia de un tema tan serio, así que le dijo medio en broma: —Después de todo, si mi mejor amiga es latina y si prácticamente vivo en su casa, no está mal que lea algunos libros sobre latinos.

Amalia se limitó a sonreír sin responder, pero el comentario la había hecho sentir bien.

Momentos como estos hacían que su amistad fuera algo muy especial.

Amalia y Martha se conocían tan bien y habían jugado el juego de adivinanzas en la biblioteca tantas veces que no les costaba mucho adivinar los títulos. En los últimos tiempos, sin embargo, a medida que cada una descubría nuevos intereses y nuevos libros, se les estaba haciendo más difícil.

A Amalia le encantaba darse cuenta de que su mundo se abría gracias a las cosas que le interesaban a su amiga y comprendía que tanto ella como Martha podían aprender mucho una de la otra.

5. La mano derecha

Durante toda la semana Amalia sintió una extraña sensación de vacío. Seguía su rutina habitual. Se levantaba temprano para que su padre pudiera dejarla en la escuela y llegar a tiempo al trabajo. Aunque no tenía mucho apetito, se sentaba a la mesa a la hora del desayuno, para que su madre no se disgustara. Pero si le preguntaba «¿Comiste huevos esta mañana?», contestaba «Sí», aunque no se acordara si los había comido o si simplemente se los había servido.

En el auto trataba de responder a las preguntas de su padre. Y cuando él le comentó «¿Viste que los White Sox clasificaron anoche?», ella dijo «Sí, pero seguro que no ganan ni la primera serie».

Nada era igual. En cualquier otro año ella se hubiera entusiasmado solo con que su equipo favorito hubiera clasificado.

En la escuela todo parecía igual, y a la vez se

sentía completamente diferente. Se disgustaba consigo misma cada vez que se olvidaba de que Martha ya no estaba allí. Todavía giraba la vista en dirección al escritorio de su amiga cuando alguien daba una respuesta divertida o los maestros actuaban de manera inesperada; por ejemplo, si miraban por la ventana en silencio y con una sonrisa vaga en el rostro, como hacía algunas veces el señor Sánchez. O si se detenían en el medio de una explicación para buscar desesperadamente algo en su bolso y luego lanzar un suspiro de alivio por haberlo encontrado, como había hecho la señorita Medina la semana anterior.

Amalia estaba acostumbrada a intercambiar miradas con Martha. Miradas que decían «¡Qué tontería!» u «¿Oíste lo que dijo?» o, incluso, «No te olvides de eso, lo vamos a comentar luego».

Se descubrió a veces esperando que su amiga la acompañara a la cafetería o a la clase de gimnasia y, en alguna ocasión, caminó hasta el pupitre vacío de Martha antes de comprender que no tenía sentido alguno. Cuando le ocurría algo así, se enojaba consigo misma y se prometía que no le volvería a pasar. «¿Cuándo voy a acabar de comprender que Martha se ha ido y no va a volver?», se preguntaba molesta.

En la casa, Amalia se negaba a hablar de Martha. Un par de veces, cuando su madre le preguntó: «¿Has llamado a Martha?», se quedó callada. Por fin, después de algunas situaciones desagradables, los padres decidieron respetar su silencio.

Sin embargo, aunque nadie mencionara a Martha y sin que importara cuánto Amalia se esforzara en no pensar en su amiga, el recuerdo de las cosas que habían vivido juntas regresaba una y otra vez.

Dos años atrás, cuando estaban en cuarto grado, Amalia se había fracturado la muñeca patinando. Al principio trató de burlarse del asunto y les pidió a todos sus amigos que escribieran y dibujaran sobre la escayola, pero pronto se dio cuenta de que era complicado hacer ciertas cosas sin la mano derecha.

Consiguió aprender a usar bien la mano izquierda para algunas tareas. Podía cepillarse los dientes y el pelo, pero le resultaba difícil escribir. Aunque se esforzaba, solo le salían garabatos. Siempre se había enorgullecido de tener cuadernos prolijos y le molestaba echarlos a perder.

Martha se apresuró a ofrecerse para ayudarla.

Le pidió permiso a la señorita Larin, la maestra, para escribir las tareas de Amalia:

—Me dictará las respuestas —le explicó.

Todos sabían que Amalia era mejor alumna que Martha en Matemáticas, por eso, para ser justa, aclaró:

—Le prometo que terminaré mi trabajo *antes* de que Amalia me dicte sus respuestas.

La maestra sonrió comprensiva, y durante las semanas siguientes Martha hizo un esfuerzo para ser más cuidadosa que nunca al escribir en los cuadernos de su amiga. El día en que por fin le quitaron el yeso, Amalia le dijo:

—Ahora comprendo verdaderamente lo que significa cuando alguien dice de otra persona: «Es mi mano derecha».

Martha sonrió orgullosa y Amalia agregó:

—Cada vez que necesites una mano derecha, cuenta conmigo.

«Eso ya nunca ocurrirá —pensó Amalia con tristeza—. No es fácil ser la mano derecha de alguien que vive al otro lado del país».

6. Acampando

Uno de los mejores momentos que Amalia y Martha habían compartido había sido un viaje el verano anterior. Los padres de Amalia llevaban un tiempo planeando visitar el norte de la península de Michigan. Cuando por fin fijaron la fecha, Amalia les pidió:

—Por favor, ¿podemos invitar a Martha? Nosotras podemos dormir en una tienda de campaña mientras ustedes duermen en la caravana.

Una vez que sus padres aceptaron la idea, Amalia siguió insistiendo:

—Mami, ¿cuándo vas a llamar a la señora Johnson? Por favor, hazlo ahora.

Cuando supo que a Martha le habían dado permiso, saltaba de alegría. Pero entonces empezó a preocuparse de todo lo que podía pasar e impedir el viaje. Cada día se le ocurría algo nuevo que decir a su madre:

—¿Y si a las hermanitas de Martha les da

varicela, o sarampión, o paperas, o lo que sea? ¿Y si hay una emergencia en el trabajo de papá? ¿Y si los tíos, que siempre te están diciendo que van a venir de visita, deciden venir ahora?

Su madre le aseguraba una y otra vez que no habría ningún problema y que todo saldría bien. Ya antes de terminar de oír cuál podría ser el próximo desastre le repetía uno de sus dichos favoritos: «No hay que morirse la víspera».

Cuando por fin empezaron el viaje, Amalia estaba encantada de jugar a cualquier cosa que a Martha se le ocurriera, de cantar o, simplemente, de mirar el paisaje.

Martha se dedicó a hacer una lista de todas las distintas placas que llevaban los vehículos con los que se cruzaban. No solo anotaba de qué estado procedían y el lema de ese estado, sino también las placas personalizadas. Y empezaron a imaginar cuál sería la razón por la cual alguien había escogido cada placa e inventaban todo tipo de historias divertidas para explicarla.

A ratos se quedaban calladas observando el bosque a la orilla de la carretera, tratando de imaginar qué animales vivirían protegidos entre los altos árboles y la espesa maleza.

Cuando llegaron al parque estatal, insistieron en levantar la tienda ellas mismas, en un lugar hermoso junto a la orilla del lago. Eligieron un sitio bajo árboles enormes, no muy lejos de la caravana. Estaban encantadas de compartir esta nueva aventura de dormir en una tienda de campaña.

Cuchicheaban en la oscuridad cuando Amalia susurró:

—Shhh. ¿No oyes ese ruido?

—¿Qué crees que puede ser? ¿Piensas que hay osos allá afuera? ¿O quizá lobos? —se burló Martha.

—A dormir. AHORA MISMO. O van a tener que dormir en el suelo de la caravana —el padre de Amalia habló en voz baja, pero convincente—: En este campamento hay otras personas tratando de dormir.

—Bueno, bueno —dijeron las niñas riéndose y se limitaron a cuchichear en voz muy queda.

La noche siguiente, mientras miraban el reflejo de la luna en el lago, Amalia le dijo a Martha:

—Estoy tan contenta de que estés aquí. Siempre había querido dormir en una tienda de campaña y no en la caravana. Pero sola nunca me hubiera atrevido.

Martha le sonrió, aunque todo lo que dijo fue:

—Yo también me alegro de estar aquí.

Amalia estaba decidida a aprender a pescar y quería pescar algo para la comida. Después de dejar escapar varios peces grandes consiguió atrapar uno que pudieron asar en la parrilla.

Se sentía muy orgullosa de haber provisto la cena, aun a pesar de haberse pinchado dos veces con el anzuelo y de habérselo enganchado a su padre en la espalda de la cazadora. Las noches siguientes asaron hamburguesas, perros calientes y mazorcas de maíz tierno. También hicieron muchísimos *s'mores*, colocando una altea que habían calentado sobre las brasas y un trozo de chocolate en medio de dos galletas dulces.

A Martha le gustaban los *s'mores*, y la segunda noche ya habían agotado todas las alteas que habían llevado para ello, así que la tercera noche asaron *Peeps*, unos muñequitos de altea de los que la madre de Amalia había llevado toda una bolsa.

—No sé qué me gusta más: el chocolate caliente, las alteas, o los *Peeps* —dijo Amalia—. El azúcar derretido me recuerda el caramelo del flan.

—Sí, pero fíjate qué horribles se ven los ojos cuando se derriten. —Martha se reía sosteniendo sobre las brasas un *Peep* ensartado en un palito.

Los *Peeps* que comían y las canciones que cantaban no tenían fin. Era la primera vez que estaban juntas desde la mañana hasta la noche.

Después de cinco días, Amalia no se sentía como si fueran meramente amigas, sino como si se hubieran convertido en hermanas.

—Pídele a tu madre que venga a ayudarme —le dijo el padre de Amalia a Martha mientras levantaba una olla de agua hirviendo de la hornilla, sin darse cuenta de que se estaba dirigiendo a Martha y no a su hija.

—¿Sabes dónde está? —respondió Martha sin corregir el error.

A Amalia la alegraba que se hubiera creado una relación tan cercana. Pero no se animaba a mencionarlo. Puesto que tenía dos hermanitas, era posible que para Martha el tiempo compartido no tuviera la misma importancia. En cambio, para ella, que siempre había querido tener una hermana, era algo muy especial. Recordaba cuánto había sufrido cuando, en dos ocasiones, su mamá había perdido un bebé a punto de nacer.

Así que aunque no hizo ningún comentario,

atesoró los sentimientos surgidos en esos días en que Martha y ella habían sido como hermanas.

—Almorcemos en Holland —sugirió Rocío cuando se acercaban a ese pueblo, en el sur de la península de Michigan. Y cuando llegaron, comentó—: Una de mis mejores amigas de la época de la universidad era de aquí. Su familia descendía de los holandeses que fundaron este lugar. Con tus ojos azules y tu pelo rubio, tú también podrías ser descendiente de una familia como la de ella, Martha, ¿sabes de dónde llegaron tus antepasados?

—Bueno, mis padres dicen que tenemos algo de irlandés, de alemán, de escocés, y de inglés. Pero es todo muy confuso. No parece que hubiéramos venido de algún lugar en particular —contestó Martha. Luego, con su tono alegre de siempre, dijo—: Quizá algún día trate de averiguar de dónde viene mi familia. Sería un proyecto divertido. Y la cara se le iluminó con una sonrisa.

Después de recorrer por un rato la zona turística del pueblo, recreada con estilo holandés, las chicas entraron en una tiendecita de regalos.

—A que no adivinas lo que le voy a comprar a mi madre —le apostó Martha.

—Mmmm.

Amalia miró a su alrededor tratando de recordar las cosas que Martha se había detenido a mirar en la tienda:

—Tengo derecho a tres preguntas.

—Bueno. Pero solo te voy a contestar «sí» o «no».

Y Martha se puso a mirar en todas las direcciones, para no darle clave alguna.

—¿Si lo aprieto bien es más pequeño que una pelota de *softball*?

—Nooo.

—Entonces, no es un pañuelo de seda.

Martha seguía mirando hacia todas partes. Amalia sonrió.

—¿Vas a comprar más de cinco de lo mismo? —preguntó, convencida de que había adivinado.

Martha se rió y tomó una bolsa con una docena de bulbos de tulipanes rojos.

—Te podría haber dicho que sabía que iban a ser rojos. Siempre le compras a tu madre cosas rojas.

—Bueno, es su color favorito —dijo Martha y tomó otra bolsa de bulbos de tulipanes rojos—. Y tú estás pensando que también quieres llevarle unos iguales a tu madre. Normalmente te pasarías muchísimo tiempo tratando de decidir de qué color, pero como yo elegí los rojos, vas a querer llevarlos del mismo color en recuerdo de este viaje.

Y las dos se echaron a reír mientras seguían buscando regalitos; Martha para sus hermanas, Amalia para su abuela.

Durante el almuerzo, Rocío las animó a que probaran la sopa típica de chícharos que ella había pedido. Les aseguró que era deliciosa. Pero se veía muy verde y extraña con los trocitos de jamón que flotaban en la superficie, y Martha no se dejó convencer. Amalia se sentía tan contenta que no le fue difícil aceptar la sugerencia de su madre y, cuando probó la sopa, decidió que o su madre tenía razón o, cuando uno se siente feliz, hasta la sopa de chícharos sabe bien.

Mientras miraban en la tienda de regalos del restaurante libros y tarjetas postales que mostraban campos de tulipanes en primavera, típicos del lugar, la madre de Amalia se les acercó y les comentó:

—¿No parece imposible ver tantas flores al mismo tiempo? —Y, entonces, les prometió—: La próxima primavera vendremos. Un viaje especial para que puedan ver los tulipanes florecidos. Será algo que no olvidarán jamás.

Las chicas se miraron y sonrieron. Aun si no regresaban, tendrían por lo menos dos docenas de tulipanes rojos que disfrutar la próxima primavera.

Pero eso ya nunca sería posible.

7. Sin decir adiós

Amalia dejó el sobre abultado que Martha le había dado en su escritorio. Allí se quedó sin abrir por tres días. Cada noche, mientras hacía las tareas, lo tomaba en las manos. Era pesado, y se preguntaba qué tendría dentro. Pero no iba a abrirlo. ¿De qué serviría?

El jueves por la tarde lo cogió y lo puso en el fondo de una gaveta de la cómoda, debajo de ropa que casi nunca usaba. Decididamente, no iba a abrirlo y no quería seguir viéndolo.

Esa noche se dijo que al día siguiente lo iba a pasar bien en la casa de su abuela y que ni siquiera se acordaría de Martha. Le pediría a la abuela que le enseñara a hacer flan de piña o de coco con una de las recetas de la familia, como le había prometido. Y también le pediría que le contara anécdotas de cuando vivía en México.

«Nunca me voy a acordar del nombre de todos esos lugares y personas. Voy a pedirle a abuelita que me repita esas historias una y otra vez hasta que pueda recordar todos los detalles», pensó mientras se acostaba. Y por primera vez en esa semana, durmió muy tranquila.

El viernes empezó como cualquier viernes. Pero a la tarde, cuando Amalia estaba en la clase de arte, el doctor Guerrero, el director de la escuela, apareció en la puerta del aula. Le hizo señas a la señorita Frazen para que saliera al pasillo. La maestra les advirtió a los alumnos que se comportaran debidamente y salió del salón. Ellos debieron comprender que ocurría algo serio porque se quedaron tranquilos en sus asientos.

Cuando la señorita Frazen regresó, fue directo al escritorio de Amalia. Le dijo que el doctor Guerrero la esperaba en el pasillo y que debía llevarse todas sus cosas. El director le pidió que lo acompañara a la oficina. Amalia estaba a la vez sorprendida y asustada, ¿qué estaría pasando?

En cuanto doblaron la esquina del pasillo, vio

a su padre que corrió hacia ella y la envolvió en un fuerte abrazo.

—Tienes que venir conmigo, hijita. Es tu abuelita. Está en el hospital.

—Pero ¿qué pasa?

Su padre no tenía ninguna respuesta tranquilizadora. Su abuelita se había puesto mal y la habían llevado al hospital.

—Por favor, vamos a verla.

—Allá vamos. Tu mamá ya está en camino también.

Pero no habían llegado todavía al hospital cuando recibieron una llamada de Rocío. Aun antes de que su padre dijera una palabra, Amalia comprendió que había ocurrido algo muy grave. Nunca había visto a su padre tan agitado y se dio cuenta de que estaba conteniendo un sollozo.

El padre detuvo el auto en una calle tranquila. Abrió los brazos y, acercando a Amalia con fuerza a su pecho, le dijo:

—Abuelita acaba de morir, su corazón se detuvo apenas llegó al hospital.

Amalia se dejó abrazar por un momento, pero luego se apartó.

—¡¡No pude decirle adiós!! —gritó—. ¡No es posible! ¡No puede irse sin siquiera decir adiós!

Mientras su padre seguía conduciendo hacia el hospital, Amalia trató de controlar los sollozos, pero no podía dejar de pensar: «Sin siquiera decir adiós . . .».

8. Nuevos olores

—No podemos irnos y dejarla aquí— Amalia no estaba segura de qué iba a pasar. Pero irse mientras el cuerpo de su abuelita estaba todavía en el hospital no le parecía bien—. No te preocupes —le aseguró su padre—, ya se ha hecho todo lo que había que hacer.

—Sí, hijita, así es —fue todo lo que la madre acertó a decir, estrechándola en sus brazos, mientras salían del hospital.

Aunque a Amalia se le hizo muy largo el tiempo que ella y sus padres permanecieron en el hospital, todavía no había anochecido del todo cuando salieron hacia su casa. Era un trayecto corto, pero parecía que nunca llegarían. Cuando por fin entraron a la casa, la madre le sugirió que se diera una ducha caliente, bebiera un poco de leche y se fuera a la cama.

—¡Qué oscura está la noche! —Amalia miraba

por la ventana cuando su madre entró a su cuarto—. No hay ni rastro de la luna ni una sola estrella.

—Ven, acuéstate —le dijo su madre. En ese momento el padre entró también y juntos la arroparon, algo que habían dejado de hacer mucho tiempo atrás. Su madre le alcanzó una taza de té.

—Tómatelo, tómatelo —la animó a beber la fragante combinación de manzanilla y tilo, y esperó hasta que se la hubiera tomado, deseando que la ayudara a descansar.

—Sabe igual que lo que me daba abuelita. . . . —Amalia no llegó a terminar la frase.

—Sí, mi hijita, tómatelo —repetían sus padres. Y ambos se quedaron con ella, uno a cada lado de la cama, hasta que se durmió.

No se despertó hasta bien entrada la mañana, pero no se sentía descansada, sino exhausta, como si en lugar de dormir hubiera estado corriendo por horas.

—¿Mami? —Se quedó en la cama, sin querer levantarse—. ¡Mamááá! —Hubiera deseado estar dormida todavía y que alguien la despertara para decirle que todo lo ocurrido el día anterior había sido un mal sueño. «Abuelita no puede haber muerto. Todo es un error —pensaba—. Mami va a venir a decirme que no ha pasado nada».

—¿Cómo estás, hijita? —El único que estaba en casa era su padre, que subió a su cuarto en cuanto la oyó. Le dio un largo abrazo y la animó a vestirse y a bajar.

Unos minutos más tarde regresó.

—Tienes que desayunar —le insistió mientras la acompañaba a la cocina, donde le sirvió lo que le había preparado—. Come algo, hijita.

Su padre le habló sin mirarla. A ella se le hacía imposible aceptar la verdad, y no tenía ningún deseo de comer.

—Bueno —murmuró y siguió moviendo la comida en el plato sin llevarse nada a la boca. No podía creer que todo hubiera podido cambiar tan drásticamente, que su abuelita no estaría nunca más.

—En cuanto estés lista vamos a ir a la casa de tu abuelita. La familia se está reuniendo allí —le dijo su padre, tratando de forzar una sonrisa, pero Amalia se daba cuenta de la pena tan grande que sentía él también.

—Aquí estamos.

Antonio rompió el silencio en que había hecho

el recorrido y solo entonces Amalia se dio cuenta de que habían llegado a la amplia casa de dos pisos que había sido de su abuela.

Pero sentía que estaba en un lugar distinto. Habían pasado solo unas horas desde que había vuelto del hospital y, sin embargo, parecía que su vida había cambiado por completo.

—Entremos.

Su padre le rodeó los hombros con el brazo y la empujó con suavidad al ver que ella no se movía. Y siguió sosteniéndola mientras subían los escalones crujientes que llevaban al portal.

Había muchas personas en la casa y todas hablaban al mismo tiempo. Su abuelita siempre tocaba música suave, música que endulzaba las conversaciones. Ese día, en cambio, sin música de fondo, y aunque todos conversaban en voz baja, a Amalia le parecía que oía un montón de ruido, un bullicio nada habitual en esa casa.

—Tenemos que agradecer que murió tan plácidamente. Que no sufrió.

Amalia le oyó decir esto a su madre mientras abrazaba a una mujer alta, vestida de negro, que llevaba los tacones más altos que ella hubiera visto nunca. Sin maquillaje, con los ojos rojos y el pelo desarreglado, no se parecía en nada a la de las fotos del álbum familiar o a la que su madre tenía sobre su cómoda; sin embargo, Amalia reconoció a su tía Amalia, cuyo mismo nombre le habían dado.

Por un momento las hermanas trataron de permanecer serenas, pero entonces volvieron a abrazarse.

—¡Ay, Malia, Malita! —repetía su madre una y otra vez.

—¡Ay, Rocío, mi hermana! —era la respuesta a cada sollozo.

Mientras observaba cómo lloraban abrazadas, a Amalia le pareció que se iban volviendo más jóvenes, como si las lágrimas las estuvieran transformando en las dos niñitas inseparables de las que siempre hablaba su abuela.

La fascinó la transformación. Desde que su padre y ella se habían encontrado con su madre en el hospital, Rocío se había mostrado muy fuerte y controlada. Abrazó a Amalia un largo rato, pero luego se volvió a su marido y empezó a hablar de los trámites para el entierro. Solo en un instante dio la impresión de que iba a derrumbarse, cuando, refugiada en los brazos del esposo, le decía:

—Toño, ¡ay, Toño!, ¿cómo ha podido pasar esto?

Pero entonces una enfermera se acercó para decirle que el director del hospital la esperaba. Se compuso y se fue a hablar con él.

Amalia se quedó con su padre. Esperaron que ella terminara la entrevista e hiciera infinidad de llamadas: primero a sus hermanos y hermana, luego a familiares y amigos íntimos. Su madre casi parecía un robot, atendiendo cosas cada vez más rápidamente como si se hubiera quedado enganchada en alta velocidad.

—La enterraremos el lunes, tan pronto esté aquí toda la familia —Rocío anunció cuando estuvieron en el auto—. Logré hablar con Amalia y con Manuel. Ellos van a llamar a Patricio.

El resto del viaje a su casa permaneció en silencio, aunque estaba sentada en el asiento trasero del coche para acompañar a Amalia y la tuvo cogida de la mano todo el trayecto. Cuando llegaron, siguió calmada y serena, y parecía estar más preocupada por lo que estaba sintiendo Amalia que por ella misma. A pesar de eso, se percibía que a cada momento se volvía más distante.

En cambio, en presencia de su hermana, mientras lloraban una en los brazos de la otra, mostraba lo que sentía.

Amalia no pudo quedarse observándolas por demasiado tiempo. Las personas seguían llegando y querían hablar con alguien. Todas hacían las mismas preguntas y recibían las mismas respuestas que Amalia no quería seguir oyendo una y otra vez.

—Antonio, ¿dónde está Amalita? —preguntó un hombre, con vaqueros descoloridos y botas. Era el más alto de todos. Trató de forzar una sonrisa, como antes había hecho Antonio. Y dijo:

—Tiene que saludar a su tío Manuel. . . .

Amalia se sintió intimidada por ese hombre tan alto y de voz tan profunda. Quería darse la vuelta y buscar dónde esconderse, pero ese era el hijo del cual la abuelita estaba tan orgullosa, el hijo que había estado dispuesto a regresar a México para salvar el rancho de la familia. Hizo un esfuerzo y le devolvió una sonrisa tímida. Sin embargo, no pudo contenerse más y se echó a llorar.

El tío Manuel le puso un brazo sobre el hombro y la guió de la sala llena de gentes a un rincón más tranquilo en el comedor.

—Sé bien que eras la niña de sus ojos —le dijo—. Estaba muy orgullosa de ti, y le diste muchas alegrías. Eso es lo que debes recordar ahora.

Amalia oyó las palabras cariñosas en la voz profunda de su tío, pero no podía concentrarse en lo que le quería decir. Su abuelita se había ido para siempre. ¿Qué importancia tenía cualquier otra cosa?

Miró por la ventana. Había empezado a llover suavemente. Familiares y amigos seguían llegando.

—Hay un taxi frente a la casa —anunció sin saber si alguien la escucharía.

Un taxi acababa de detenerse, y un hombre con un maleta en la mano hablaba con el taxista que parecía estarle exigiendo algo.

—Ha llegado alguien —le indicó a su padre. Antonio ya se dirigía a la puerta con la billetera en la mano.

Tío Patricio y tía Gabriela llegaban desde el aeropuerto con sus hijos, Julián y Lucía.

—No quiso aceptarme una tarjeta de crédito —trató de explicar el tío Patricio.

Antonio hizo que Amalia los saludara. Se sintió liberada cuando, después de darles un beso, los recién llegados se apresuraron a reunirse con el tío Manuel. Los dos hermanos se fundieron en un fuerte abrazo y ella vio que sollozaban.

La lluvia, ligera momentos atrás, se había convertido en una tormenta. Y como la lluvia, que caía a torrentes sobre tejados y árboles, cada vez llegaban más vecinos, trayendo más y más comida: enchiladas, tamales, frijoles, arepas, arroz con gandules y arroz con pollo; comida tan diversa como el propio barrio.

Alguien puso a calentar en la cocina una gran olla de menudo. Y los olores de toda la comida llenaron la casa, olores muy distintos del aroma dulce de la melcocha, que ella recordaba tan bien.

Para Amalia era imposible aceptar que hacía apenas una semana ella estaba estirando la deliciosa melcocha con las manos untadas de mantequilla; oyendo las canciones favoritas de su abuela, que tocaban suavemente; disfrutando la satisfacción de haber creado algo, aunque fueran solo trozos de melcocha en papel encerado.

Queriendo recuperar aquel momento, entró en la cocina. Las toallitas bordadas por su abuela, que ella siempre mantenía tan prolijas, estaban arrugadas, tiradas sobre la mesa sin respetar el orden de los días de la semana: lunes, jueves, domingo, martes . . .

«Nada volverá a tener sentido en esta casa nunca más», pensó Amalia. Y sintió el dolor de su pérdida al comprobar que todo había cambiado para siempre. La pena la golpeó como un puñetazo, le causó un dolor profundo en el pecho y sintió que no podía respirar. Salió corriendo de la cocina en la que había pasado tantas horas con su abuela y se fue al patio sin parar de llorar.

No le daba ningún consuelo ver que los demás también sufrían y sus palabras no la ayudaban. Se sentía muy mal, y todo aumentaba su dolor.

Se habían reunido tratando de compartir sus sentimientos y ofrecerse consuelo, pero Amalia creía que nadie podía comprenderla ni ser parte de su pena. Su dolor era suyo, propio, de nadie más. Era *su* vida la que no tenía sentido, *su* vida la que ahora tenía un terrible vacío al desaparecer su abuela de su lado.

9. ¿Afortunada?

Durante varios días Amalia vivió como si estuviera en un sueño. Sus padres insistieron en que debía quedarse en su casa y no ir a la escuela esa semana; pensaban que era importante que pasara tiempo con sus primos.

En el cuarto de huéspedes de su casa se estaba alojando la tía Amalia. Y aunque solamente ella se quedaba allí —el tío Manuel y el tío Patricio y su familia estaban en la casa de la abuela—, a Amalia le parecía que su hogar se había convertido en una estación de trenes repleta de gente porque todos entraban y salían constantemente para reunirse a la hora de la comida.

Amalia iba de habitación en habitación, incapaz de quedarse tranquila, evitando estar mucho tiempo con alguien.

Oía una y otra vez que le decían:

—¡Ay, querida! ¡Ay, corazón!

Sus tíos la abrazaban, y la tía Graciela insistía en besarla:

—Lo siento tanto.

—Ya sé —contestaba ella para evitar seguir hablando.

Su prima Lucía le hacía todo tipo de preguntas sobre la escuela y la vida en Chicago, pero ella solo respondía con unas pocas palabras. Como Lucía no había estado nunca en los Estados Unidos, muchas cosas le parecían fascinantes. Todo el tiempo comparaba cuánto descubría con lo que había visto en películas y en programas de televisión, y quería explorar la ciudad y que sus padres la llevaran a muchos lugares. Siempre invitaba a Amalia a acompañarlos, pero ella no se sentía con ánimo para ir a ninguna parte.

—No, gracias, hoy no. No me siento tan bien. Quizá mañana.

Afortunadamente, a su primo Julián solo le interesaba andar con el tío Manuel, ayudándolo a hacer pequeñas reparaciones en la casa de la abuelita.

—Mi madre nunca quiso cambiar nada en la

casa, después de la muerte de papá. Pero si vamos a alquilarla, hay que hacer algunos arreglos.

Al escuchar una mañana estas palabras en boca de su madre, Amalia salió corriendo, sin siquiera ponerse un abrigo. No quería oír nada más. Pensar que otras personas vivirían en una casa que para ella había sido siempre como su propio hogar se le hacía insoportable.

Un poco más tarde, Lucía hizo un comentario:

—Solo vimos a la abuelita en dos ocasiones, las dos veces que vino a visitarnos. Me encantó estar con ella. Era tan agradable. . . .

«Solo dos veces, y tan agradable . . . ».

¿Qué podía decir ella? Su prima esperaba una respuesta y, como Amalia no dijo nada, se fue a buscar a su madre para pedirle que la llevara de compras. Quería aprovechar la oportunidad de estar en los Estados Unidos para comprar muchas cosas.

—Tienes tantas tiendas tan cerca —repetía a cada rato y rara vez hablaba de nada más que de lo que había visto y quería comprar y de lo difícil que era elegir entre tantos artículos que le gustaban.

—¿Por qué no vienes con nosotros? —le insistió una vez más a Amalia, cuando estaba lista para salir con su madre.

«No. Mi abuelita se ha muerto, y no tengo ganas de ir de compras» era lo único que Amalia podía pensar, pero se limitó a decir que no con la cabeza.

—¡Qué afortunada eres de haber vivido tan cerca de la abuelita! —le dijo su primo Julián. Aunque solo le llevaba dos años, era muy alto, casi tanto como un adulto—. Sus cuentos eran fascinantes. Sobre todo lo que contaba de nuestro abuelo: que había nacido en Chicago porque sus padres habían venido buscando trabajo. Abuelita se sentía muy orgullosa de sus suegros. Nos contó que el padre del abuelito, nuestro bisabuelo Nicolás, había sido campesino, pero que decidió abrir una tienda. La bisabuela María se empleó en una fábrica de ropa. En esas fábricas se trabajaba muy duro, y el bisabuelo pensó que, si se dedicaban los dos a la tienda, conseguirían triunfar. Y así fue. Se convirtió en algo más que en una tienda de víveres. Pusieron unas cuantas mesas en el fondo y servían comida, y a los vecinos les gustaba ir a comer y a reunirse en las noches para compartir noticias. En esos tiempos había muchas personas que no sabían leer y escribir, pero la bisabuela sí sabía así que ella les escribía las cartas a los que querían enviarle noticias a su familia y les leía las respuestas que recibían. Y así, gracias al esfuerzo de los bisabuelos, cuando nuestro abuelo creció, pudo estudiar y hacerse agrimensor. Sí —insistió Julián sonriéndole a Amalia—, has sido verdaderamente afortunada.

A Amalia todo este comentario acerca de ser afortunada le resultaba absurdo. ¿Cómo podían mencionar la palabra *afortunada* cuando la abuelita acababa de morir? ¡Y todos hablaban con naturalidad sobre ella en tiempo pasado como si fuera algo que hubieran descartado, como un suéter viejo o una colcha deshilachada! ¿Por qué no estaban tan abrumados como ella por la pérdida de alguien tan especial y que tanto los quería?

Esa misma mañana se había despertado pensando: «Tengo que preguntarle a la abue por qué no me había dicho que tío Manuel se ha dejado un bigote tan grande como el de Emiliano Zapata». Y se imaginó la sonrisa de su abuelita diciendo: «Sí, hijita, igualito al bigotazo de Zapata». Entonces se dio cuenta de que nunca más podría preguntarle algo a su abuelita y se quedó llorando en la cama por un largo rato.

10. La cocina de abuelita

Cada vez que Amalia estaba sola, aunque no se lo propusiera, empezaba a pensar en su abuela.

Hubiera querido poder preguntarle: "¿Qué vamos a hornear hoy?" o "¿Has recibido carta de México?"

Casi podía escuchar las respuestas de su abuelita: "A ver, ¿qué te gustaría a ti que preparáramos?" o "¿Quieres saber lo que me ha contado tu tía Amalia?"

Recordar la voz de su abuela con tanta claridad le levantaba el ánimo por un momento. Pero enseguida se daba cuenta de que su abuelita se había ido del todo y se llenaba nuevamente de tristeza.

Durante el día se mantenía ocupada, y sus padres se interesaban mucho por ella.

—¿Cómo te sientes? —le preguntaba su madre.

—Estoy bien, mami —contestaba siempre.

—¿Necesitas algo? ¿Quieres que te lleve a

alguna parte en el auto? —le ofrecía su padre.

—No gracias, papá —era su respuesta.

Pero resultaba evidente que no se sentía bien. El problema era que no sabía cómo expresar lo que necesitaba porque lo único que necesitaba era a su abuela, y eso nadie podía dárselo.

Por la noche sus padres la arropaban y se quedaban en su cuarto hasta que por fin lograba dormirse. A la mañana se despertaba muy temprano y se quedaba en la cama fingiendo que dormía, y los ratos vividos con su abuelita se le aparecían en la mente como si fueran escenas de una película. Y la repetición de esos momentos, una y otra vez, era lo único que realmente le interesaba. Mientras más los recordaba más claro se le hacía que, en esas oportunidades en que preparaban cosas deliciosas o compartían historias de la familia, su abuela le había hecho sentir que era parte de algo importante.

Se acordaba en particular de una época en que estaba muy preocupada y como atrapada en una situación que no podía resolver. Trataba de encontrar una solución para deshacer algo que había hecho y por fin habló con su abuela. Dos años atrás, antes de que Martha empezara a acompañarla en su visita de los viernes, Amalia llegó muy confundida a casa de su abuela. No sabía cómo confesar lo que le sucedía. Se pasó más tiempo del acostumbrado trabajando en sus tareas hasta que consiguió el valor suficiente para decirle:

—Abuelita, quiero hablarte de algo.

Sin hacer ningún comentario, su abuela dejó a un lado los ingredientes que había estado preparando para hacer un pastel de chocolate y llenó uno de sus vasos de cristal tallado con jugo de mango. Amalia se sorprendió porque su abuela solo usaba esos vasos en ocasiones especiales. Luego puso el vaso, una taza de café y algunas galletitas en una bandeja cubierta con una de sus servilletas bordadas e invitó a Amalia, como si fuera una adulta, a sentarse con ella en el sofá.

Una vez que el jugo estuvo en la mesita frente a Amalia, le dijo con toda naturalidad:

—¿Quieres decirme qué es lo que te preocupa tanto?

Al principio, a Amalia no le salían las palabras. Se sentía avergonzada y disgustada. Pero también aliviada. Al tratarla como si fuera una amiga que estaba de visita, su abuela la hacía sentir mayor.

Aunque por otra parte también la hacía sentir aun peor defraudar a su abuela, y le tomó un poco de tiempo empezar a hablar. Bajando los ojos, por fin dijo:

—Una de mis amigas ha hecho algo que no debía y ahora no sabe cómo deshacerlo.

Se quedó callada por un momento, y, después de unos minutos, añadió:

—Y yo no sé cómo ayudarla.

Dándole unas palmaditas en la mano, su abuela respondió:

—Si me explicas lo que ha ocurrido, quizá empezarás a encontrar una solución.

Avergonzada, Amalia le contó:

—Mi amiga cogió algo que no era suyo. Pensaba devolverlo, pero no sabe cómo hacerlo. Quiere que yo la ayude, y no sé qué hacer.

Y la voz se le quebró mientras los ojos se le humedecieron.

—Aunque lo que ya se hizo no puede deshacerse, dime, ¿cuál sería la mejor solución?

—Lo mejor hubiera sido no haberlo cogido.

—Como no es posible hacer que el tiempo vuelva atrás, dime por qué eso hubiera sido una buena solución. Pensar en el porqué puede ayudar a encontrar la respuesta.

—Hubiera sido bueno porque su dueño seguiría teniendo lo que ella cogió. Y nadie tendría que sentirse mal.

—Bueno, me parece que allí tienes la respuesta.

La abuelita bebió un sorbo de café y comió un trozo del dulce que entre las dos habían horneado la semana anterior, siguiendo una receta que Amalia había traído de la escuela. Y después de una pequeña pausa, continuó:

—¿Qué es lo que cogió tu amiga? ¿De dónde?

Amalia sospechaba que su abuela sabía que estaban hablando de ella misma y no de una amiga. Así que, después de pensar un poco, dijo:

—Fui yo la que cogí unos DVDs de la escuela. Estaban en una caja al final de un pasillo, pasadas la oficina de la directora y la biblioteca.

Tan pronto dijo esas palabras, Amalia sintió como si se hubiera quitado un peso del pecho, un peso que la había hecho sufrir por dos días que le habían parecido demasiado largos. Por eso, siguió hablando muy rápido:

—Nadie va nunca por allí. No sé por qué la caja estaba en ese lugar. Pensé que podía tomarlos, mirarlos y devolverlos, y que nadie se daría cuenta.

—Ya veo. ¿Eran nuevos los DVDs?

—Sí. Son nuevos. Cuando vi que solo uno estaba abierto y que los otros estaban sellados, no los abrí. Están aquí, en mi mochila. Y, con aún más vergüenza en la voz, añadió—: Seguramente son de la señorita Neves, nuestra *coach*.

—¿Había alguien contigo cuando los cogiste?

—No, no había nadie.

—Bueno, y ahora, ¿cuál es el próximo paso?

Amalia hubiera preferido no oír esa pregunta. Se dio cuenta de que había confiado en que su abuela le iba a resolver el problema, pero eso no iba a pasar. El problema era suyo. Y ella iba a tener que resolverlo.

Hubo un momento de silencio.

—¿Crees que debo decírselo a la directora?

—Podrías explicarle la situación igual que me la has explicado a mí.

Hablarle a la directora le parecía imposible. Conocía a la señora Armas desde el primer grado; pero nunca le había hablado personalmente. Y aunque parecía una buena persona, era también muy estricta.

—Oh . . . no creo que pueda. . . .

Las dos se quedaron calladas. Amalia se sentía defraudada. Ir a ver a la directora se le hacía muy difícil, así que, aunque sabía que no era lógico, volvió a intentar que su abuela remediara la situación y le preguntó:

—¿No se los podrías llevar tú, por favor?

Trató de usar su voz más cariñosa, pero su abuela la miró seriamente:

—Tú los cogiste. Tú debes hablar con la directora.

Amalia bajó los ojos y la oyó decir:

—Pero estoy dispuesta a ir contigo. Déjame los DVDs. Te encontraré en la escuela el lunes después de las clases e iremos juntas a ver a la directora.

Amalia dejó escapar un gran suspiro. Ir a ver a la directora le imponía temor, pero si su abuela estaba con ella, sería mucho más fácil.

—Por favor, no se lo digas a mis padres, abuelita.

—No. No se lo voy a decir . . . por lo menos no todavía. Primero vamos a ver qué pasa cuando hablemos con la directora.

En ese momento tocaron a la puerta de la cocina.

—¿He venido demasiado temprano? —preguntó el padre de Amalia cuando vio todos los ingredientes para el pastel sobre el mostrador de la cocina y notó que no se sentía el acostumbrado olor a pastel horneado.

—No, ya terminábamos —dijo la abuelita mientras empezaba a guardar los ingredientes. Y propuso—: El lunes yo podría recoger a Amalita al final de las clases, y tú podrías venir luego por ella.

—¿Pasa algo? —preguntó él mientras mordía un trozo de la barra del chocolate amargo.

—No. Está todo bien. El lunes Amalia y yo haremos un pastel y tendrás algo delicioso que llevar a tu casa. —Y como le pareció que él tenía alguna sospecha, exclamó—: Será un pastel de dulce de leche y fresas, ¡el que tanto te gusta!

A Antonio se le iluminó la cara con una sonrisa. Los pasteles de la abuelita eran deliciosos, pero el pastel especial de vainilla relleno de fresas y dulce de leche que le hacía siempre para su cumpleaños era su favorito. Y esta vez le sabría aún mejor porque no era su cumpleaños.

Una vez que terminó de comerse el chocolate, contestó:

—Muy bien, la recogeré el lunes cuando salga del trabajo.

Amalia abrazó a su abuela y, después de un momento, le dijo:

—No hay un lugar en el mundo como tu cocina, abuelita.

11. Dar y recibir

El lunes, cuando sonó la campana, Amalia encontró a su abuela esperándola frente a su clase.

—¿Vamos?

Amalia podía imaginar miles de lugares a los que le habría gustado ir, pero ninguno de ellos era la oficina de la directora, así que solo contestó:

—Bueno.

No hubiera sabido decir cómo se sentía. Durante todo el fin de semana había estado preocupada por ese momento. Con su abuela allí, no estaba tan aterrada. De todos modos tenía miedo; no sabía cómo iban a resultar las cosas y le parecía que había comido demasiado aunque, en realidad, casi no había tocado el almuerzo.

—Hacer lo que se debe no siempre es fácil, y no hay garantía de los resultados —dijo su abuela mientras caminaban por el pasillo.

Cuando llegaron a la oficina, la secretaria llamó a la directora para avisarle que estaban allí. A Amalia le pareció que la secretaria, siempre tan amable, la miraba de un modo muy serio.

Se sentía cada vez más incómoda. La señora Armas abrió la puerta.

—Pasen y siéntense, por favor.

Amalia apenas se apoyó en el borde de la silla, en silencio, sin saber qué decir o qué hacer.

—Amalia, entiendo que te sientes arrepentida por algo que has hecho.

El tono amable de la directora la tranquilizó, pero su confianza desapareció cuando la escuchó decir con voz severa:

—Explícame lo que ha pasado.

Vio los DVDs sobre el escritorio. No cabía duda de que su abuela ya había hablado con ella. «Si ya lo sabe todo, ¿qué quiere que le diga yo?», pensó.

No quería tener que hablar del asunto. Miró a su abuela, pero solo encontró silencio.

—Hice algo muy tonto, señora Armas. No me explico por qué cogí esos DVDs —comenzó.

Dándose cuenta de que la directora esperaba

que siguiera hablando y sin saber qué decir, se disculpó—: Lo siento. Lo siento mucho.

—Sé que lo sientes, Amalia. Y con toda razón. Pero decir que lo sientes no basta.

La oficina se llenó de silencio hasta que Amalia preguntó en voz muy baja:

—¿Qué debo hacer?

—Después que uno comete un error hay que seguir tres pasos. El primero es pedir disculpas, el segundo es resolver el problema, y el tercero es aprender para no repetir los mismos errores. Así tomamos responsabilidad por nuestras acciones y aprendemos de nuestras equivocaciones.

—Sí, señora Armas —dijo Amalia. Su voz apenas podía oírse.

—Te diré lo que puedes hacer. . . .

Aunque la pausa que hizo la directora fue muy breve, a Amalia le permitió imaginar todos los castigos posibles que la habían estado aterrorizando.

—Por favor, no se lo diga a mis padres —suplicó mientras luchaba por no dejar escapar las lágrimas.

—Tu abuela y yo hemos discutido ese punto y, como tú vas a tomar responsabilidad y tu abuela te apoya, de momento no tenemos que decírselo a tus padres. Te has disculpado. Y yo he aceptado tus disculpas. Ahora dime cómo vas arreglar tu acción y qué vas a aprender de este error.

Amalia recordó la conversación con su abuela, pensó en lo que acababa de decir la directora y contestó:

—Creo que debo devolverle los DVDs a la profesora de deportes—la directora la miró, esperando, hasta que Amalia añadió—: Y le pediré perdón.

—Eso será un buen comienzo. No tengo interés en castigarte, Amalia, pero necesito que comprendas las consecuencias de tus acciones. Devolver los DVDs sin abrir resuelve bastante esta situación. ¿Se te ocurre alguna circunstancia en que haberlos cogido, aunque fuera solo por un día, podría haber creado un problema?

Amalia pensó en los DVDs. La habían atraído porque era una colección sobre historia del deporte. Así que, después de reflexionar por un momento, afirmó:

—Sí. Podría haber sido un problema si la señorita Neves deseaba mostrar alguno el día en que los cogí. En clase nos había dicho que nos tenía una sorpresa.

Amalia luchaba por contener las lágrimas.

—Y ¿por qué no se te ocurrió eso antes de cogerlos?

Aunque la directora seguía muy seria, parecía estar animando a Amalia a seguir hablando.

No sabía qué decir. Se sentía avergonzada por lo que había hecho y por no haber previsto las consecuencias.

—Creo que no pensé en lo que hacía —murmuró en voz muy baja.

—Posiblemente pensaste en otras cosas . . . , en cuánto te interesaban los DVDs, en que nadie te vería si los cogías . . . Lo que no hiciste fue pensar en el efecto de tu acción sobre los demás.

La señora Armas parecía sentirse defraudada.

—No sé por qué no pensé en la señorita Neves. Yo la aprecio mucho y me encanta el deporte.

—Tu acción merecería un castigo, un castigo severo —afirmó la señora Armas. Amalia se preguntó asustada qué podría ser un castigo severo. Entonces, la oyó decir:

—Pero creo que reflexionar sobre todo esto te será más útil que un castigo. Nuestras acciones pueden tener consecuencias que duren largo tiempo. Por eso quiero que pienses si tener en cuenta a los demás cuando vamos a hacer algo que sabemos que está mal sirve para evitarlo.

La directora hizo una pausa. Amalia esperaba ansiosa qué más diría.

—Voy a intentar algo contigo. Quiero que imagines tres situaciones completamente diferentes en las cuales, a pesar de cuánto te doliera haber cometido un error, no podrías reparar el daño ocasionado.

Amalia siguió esperando. Esto no podía ser todo. Entonces la directora añadió:

—Luego quiero que escribas un ensayo sobre cada una de las situaciones. Debes explicar por qué es importante pensar en las consecuencias de nuestras acciones. Trae el primer ensayo a mi oficina el próximo lunes y los otros los dos lunes siguientes. Y entonces volveremos a hablar.

¡Que alivió sintió Amalia! La directora no se lo iba a decir a sus padres. No la iban a suspender. Nadie, además de la señorita Neves, sabría lo ocurrido. Y empezó enseguida a pensar en los temas para los ensayos. Tres semanas después toda la pesadilla habría acabado. En ese momento se dio cuenta de que su abuela la estaba mirando muy seria y comprendió que tenía que dar las gracias.

—Gracias, señora Armas —fue todo lo que se le ocurrió decir, pero al advertir qué pobre resultaba, agregó—: muchísimas gracias.

Mientras caminaba con su abuela y trataba de ir tan rápido como ella, tenía un solo pensamiento: «Qué suerte es tener a mi abuelita». Por primera vez en muchos días, su corazón se sentía ligero y feliz.

Cuando llegaron a su casa, su abuela le recordó que tenían que hacer algo más. Mientras Amalia lavaba y cortaba las hermosas fresas guardadas en el refrigerador, la abuelita eligió uno de sus CDs. Al oír las primeras notas, Amalia reconoció una de las canciones favoritas de su abuela, *Gracias a la vida*. Escuchó las palabras:

> *Gracias a la vida,*
> *que me ha dado tanto. . . .*

Miró el rojo brillante de las fresas. Luego empezó a untar el dulce de leche en uno de los dos pisos de pastel que su abuela había horneado esa mañana. Cuando le cayó un poco de dulce en la muñeca, lo lamió con gusto. Después puso las rodajas de fresas sobre la capa de dulce de leche. Su abuela colocó entonces el último piso sobre el dulce y las fresas, y observó cómo Amalia untaba dulce de leche sobre la parte superior y en los costados del pastel hasta que quedó bien cubierto y cómo colocaba fresas en toda la superficie.

Al ver la sonrisa que alegraba la cara de su abuela, Amalia pensó: «Gracias a la vida por el rojo de las fresas, por el sabor del dulce de leche y por las sonrisas de mi abuelita».

Y cuando su padre llegó a buscarla, lo estaba esperando el mejor pastel de dulce de leche.

12. Cuando no es posible deshacer lo hecho

El viernes siguiente la abuelita tenía un plato de galletitas recién horneadas cubierto con papel de aluminio sobre la mesa de la cocina.

—Hoy no cocinaremos. Quiero que uses todo el tiempo para escribir tu ensayo —fue lo primero que le dijo después de abrazarla.

—He estado pensando toda la semana sobre lo que voy a escribir. Sacó un cuaderno de su mochila, se sentó a la mesa de la cocina, y empezó a redactar.

Escribió sobre una situación en que alguien cogía algo pensando en que lo devolvería, pero luego el objeto se arruinaba y no había modo de hacerlo.

Cuando terminó el borrador, se lo enseñó a su abuela. A ella le pareció bien, pero le sugirió que añadiera algunos detalles.

—La señora Armas te ha dado una oportunidad. Ahora te toca a ti aprovecharla. Si haces lo mejor posible, nunca te arrepentirás.

—Pero ¿cómo lo hago?

—Escribe desde el corazón. Tu corazón sabrá distinguir entre lo que está bien y lo que no lo está, y te guiará. No tengas temor de sentir lo que estás escribiendo.

A Amalia no le hacía ilusión alguna tener que escribir mucho. Le había alegrado que se le ocurriera una buena idea. Eso era lo que la señora Armas le había pedido. Pero la abuelita no estaba de acuerdo. Entonces recordó que la directora le había dado una prueba de confianza en lugar de uno de los castigos terribles que ella temía. Y además, no había hablado con sus padres. Así que releyó lo que había escrito y pensó más sobre el tema. Primero trató de añadir algo, pero luego decidió poner el papel a un lado y empezar de nuevo.

Esta vez escribió con cuidado, reflexionando detenidamente, hasta que sintió que ya podía mostrárselo a su abuela.

—Está mucho mejor. Creo que solo tienes que explicar un poquito más cómo se sintió de verdad el niño cuando el juguete de su amigo se rompió.

Amalia lanzó un gran suspiro. ¡Tenía tantas ganas de terminar! Pero cogió el lápiz y continuó escribiendo.

El viernes siguiente Amalia llevó la composición hecha. No quería perder el tiempo en casa de su abuela con esas tareas. Había escrito sobre una niña que cogió una pulsera de otra niña. Pero luego alguien se la robó.

A la abuelita no le gustó tanto como ella esperaba. Le comentó:

—Creo que, por esta vez, puedes entregarlo así. Pero no debes seguir insistiendo siempre en la misma idea de coger algo ajeno y no poder devolverlo. Tus dos composiciones son dos versiones del mismo tema.

Amalia se sintió verdaderamente decepcionada. Había dedicado mucho tiempo y esfuerzo a esta redacción y le había añadido muchos detalles interesantes. Pero comprendió que su abuela tenía razón.

—Piensa en algo distinto. Hay muchas acciones que no podríamos deshacer aunque nos arrepintiéramos de ellas.

—¿Quieres decir como matar a alguien?

—Bueno, yo no pensaría en algo tan drástico. Debería ser un tipo de cosa que una persona ordinaria, tú por ejemplo, podría hacer fácilmente.

—¡Ay, abuelita! ¡Qué difícil me lo haces!

—¿De veras, Amalita? Yo creía que estaba ayudándote.

La tercera semana, en cuanto llegó a la casa de su abuela, Amalia se sentó a escribir. Había llevado un esquema y escribió sobre el daño que alguien puede hacer hablando de otra persona, diciendo algo que no es verdad o revelando un secreto. Incluso trató de crear una metáfora. Se le ocurrieron dos, y usó una al comienzo y otra al final del ensayo. Primero decía que contar chismes era como derramar un vaso de leche en la tierra. Por último lo comparó con soplar una flor de diente de león. Nadie sabía dónde irían a parar las semillas que se volverían nuevas plantas.

Cuando ya había entregado los tres ensayos, la señora Armas la llamó a su oficina.

—Me dio mucho gusto leer tus ensayos, Amalia. ¿Cómo te sentiste al escribirlos?

—Muy mal. Nunca he tenido un secreto con

mis padres. A veces quería explicarles lo que pasó. Pero no quisiera que se sintieran que los he defraudado —Amalia creía haber dicho todo lo que pensaba, pero como la directora la seguía mirando, como esperando que agregara algo más, siguió hablando—: Además, no es tan fácil decir lo que uno siente. Después del segundo ensayo, mi abuela me dijo que tenía que pensar un poco más allá. Así me di cuenta de que podemos hacer cosas que nunca podríamos deshacer —y, dando un suspiro añadió—: No sabe cuánto he pensado. . . .

—Sí, lo he notado, Amalia. No estuvo bien que cogieras los DVDs, pero me alegro de todo lo que has aprendido gracias a esta experiencia.

—Entonces, ¿no se lo va a decir a mis padres?

—No, no lo voy a hacer. Pero pienso que tú querrás decírselo —y le entregó a Amalia una carpeta delgada. Había puesto allí los tres ensayos y una carta en la que explicaba todo lo que había ocurrido y lo que ella creía que Amalia había aprendido.

—Tus padres merecen saber la verdad, Amalia, y también tú te sentirás mejor después de que se la hayas confesado. Pero es tu decisión.

—Gracias, señora Armas. Creo que quiero

hacerlo. Ha sido terrible guardar este secreto. Pero primero le voy a preguntar a mi abuela. No quiero que mis padres se enojen con ella.

—Me parece muy bien, aunque no creo que tus padres vayan a enfadarse. Verán, estoy segura, cuánto has crecido. Pero sí, pregúntale a tu abuelita. Tienes mucha suerte de tener una consejera como ella. Es tu verdadero ángel de la guarda.

Y la señora Armas tenía razón. Sus padres se sorprendieron mucho. Jamás se habían imaginado que su hija fuera capaz de coger algo de la escuela sin permiso. Pero, aunque en un primer momento se disgustaron, al final se sintieron satisfechos de comprobar que Amalia comprendía que había hecho algo indebido, que había reflexionado sobre las consecuencias de sus actos y que había madurado gracias a la experiencia.

Amalia no olvidó el episodio. Y si bien dejó de pensar en ello, de vez en cuando algo se lo hacía recordar.

Al principio del verano su madre la llevó a comprar ropa.

—¿Te quedas aquí buscando algo que te guste mientras yo me pruebo unos zapatos? Si ves algo que quieres, pruébatelo. No voy a demorarme mucho. Pero si acabas antes de que yo regrese, búscame en el departamento de zapatos.

—No te preocupes, mami. No importa si te demoras —le contestó Amalia, que ya había visto unos pantalones que le gustaban.

Amalia llevó dos pares de pantalones y tres camisas al probador. Uno de los pantalones le quedaba perfectamente y estaba encantada, aunque las camisas no le parecieron tan bonitas una vez que se las puso. Ya iba a salir del probador cuando, al mover una falda que alguien había dejado allí, vio un reloj sobre la banca. Era un reloj muy lindo.

Por un momento pensó que, si se lo guardaba en la mochila, nadie se daría cuenta de que lo había encontrado. Iba a hacerlo cuando se acordó de todo el tiempo que había pasado escribiendo aquellos ensayos. Al salir del probador, le entregó el reloj a la dependienta, quien le dijo:

—Llamaré a la encargada. Ella lo llevará al departamento de cosas perdidas.

La encargada llegó hablando por su teléfono móvil. Estaba muy ocupada y, cuando la vendedora le explicó que Amalia había encontrado el reloj, simplemente lo recibió y apenas hizo un gesto con la cabeza antes de irse a toda prisa.

Amalia se sintió un poco desencantada. Esperaba que le dieran las gracias, quizá incluso que la felicitaran. Pero no tardó en advertir que solo había actuado como le hubiera gustado que actuaran los demás de haber sido suyo el reloj. Nada especial. Nada que mereciera agradecimiento o felicitaciones. Apenas lo correcto.

Nunca le contó a nadie la pequeña anécdota, aunque más de una vez se le ocurrió que si se lo contaba a su abuelita, ambas sonreirían sin tener que decir nada. Pero eso ya nunca sería posible.

13. Muchas voces

La casa, que se había llenado de gente tan rápidamente, estaba vaciándose. Después del entierro los vecinos y parientes dejaron de ir con alimentos y sus tíos estaban finalizando los preparativos para regresar a su vida habitual.

Los padres y los tíos hacían planes para visitarse, intercambiaban información sobre sus ocupaciones y hablaban de los éxitos de sus hijos. A pesar de que habían tenido muchas conversaciones, parecía que todavía quedaban miles de cosas por compartir para estar al día.

La tía Graciela había traído consigo desde Costa Rica un álbum de fotos y se la pasaba mostrando las imágenes que ilustraban todos los relatos de cuando Julián y Lucía eran niños.

—Si me compras un iPod, mami, podré poner allí todas tus fotos y va a ser mucho más liviano de cargar —le recordaba Julián cada vez que su madre abría el álbum.

A Amalia le parecía que evitaban hablar de la abuelita y que, cuando lo hacían, era solo para ponerse de acuerdo sobre qué hacer con sus cosas. La entristecía ver que disponían de ellas, pero la alegró que la tía Amalia trajera el mantel del comedor de su abuela y lo pusiera sobre la mesa de su casa. Fue el único momento en que sintió que su abuelita estaba presente.

Veía que sus familiares estaban disfrutando mucho el haberse reunido, pero le dolía que parecieran haber olvidado la razón tan triste de esa reunión.

Si bien Antonio no participaba mucho en el intercambio entre su mujer y sus hermanos, una mañana mientras desayunaban, hizo un comentario:

—¿Se dan cuenta de que el último regalo que les ha hecho su madre ha sido reunirlos una vez más?

Todos comprendieron la verdad de la observación y se quedaron en silencio. Y cuando volvieron a hablar, fue para insistir en cómo iban a mantenerse mucho más en contacto, sobre todo con la ayuda de la computadora.

A la hora de la cena, el tío Patricio y la tía Graciela sorprendieron a todos al anunciar que habían decidido no regresar directamente a Costa Rica.

—Vamos a aceptar tu invitación, Manuel —dijo Patricio.

—Vamos a pasar una semana en el rancho —anunció su esposa, que con frecuencia terminaba lo que su marido había empezado a decir. Y aclaró—: Siempre hemos creído que los viajes son la mejor educación. Con un poco de esfuerzo, los chicos recuperarán los días que falten a la escuela.

El tío, a su vez, explicó:

—Creemos que es una excelente idea que ellos conozcan el lugar donde nosotros pasamos tan buenos ratos cuando teníamos su edad.

—Van a poder apreciar todo lo que has conseguido, Manuel —añadió Graciela.

Estaba claro que se sentían muy contentos con la idea de ir a visitar el rancho de la familia. Julián y Lucía, en particular, estaban encantados con este viaje inesperado.

—Vamos a ir a México. ¡Al rancho! —repetía

Julián a cada momento. No podía contener su entusiasmo. Les pedía insistentemente a sus padres un par de botas y un sombrero como los de su tío.

—¿Me vas a dejar montar a Trueno, tío Manuel?, ¿verdad que sí? —preguntaba ansioso. El tío les había contado muchas historias sobre sus dos caballos favoritos, Trueno, un semental negro, y Relámpago, una yegua alazana.

—Bueno, veremos qué tal jinete eres.

—¡Qué fantástico! ¿Verdad? Vamos a ver el rancho del que papá habla todo el tiempo —dijo Lucía con una gran sonrisa.

Su madre la había llevado a las tiendas para hacer las últimas compras y había regresado cargada de paquetes. Había comprado regalos para algunas de sus amigas de Costa Rica y estaba segura de que iba a ser la chica mejor vestida de su clase.

La tía Amalia fue la primera en irse. Había viajado cuando estaba en medio del diseño para los trajes de los actores principales de una nueva serie de televisión y necesitaba completarlo. Mientras le explicaba a su hermana por qué no podía quedarse más tiempo, le insistió en que en el verano debía ir a visitarla a la ciudad de México con Amalia.

—Hace mucho que no pasamos una temporada juntas . . . Es una vergüenza que hayamos necesitado algo tan triste para darnos cuenta de que tenemos que vernos más —le dijo a su hermana. Y volviéndose a su sobrina, añadió—: Ya es hora de que visites la capital, Amalita. Es una ciudad increíble. Hay tanto que ver. Tienes que venir este verano.

—¿Sabes que en el área metropolitana de la ciudad de México viven más de veintiún millones de personas? —intervino Julián—. Es el grupo de habitantes más numeroso de todo este hemisferio. Hay más personas que en Nueva York o en Los Ángeles.

Desde que supo que iba a ir al rancho, Julián se había dedicado a buscar todo tipo de información sobre México en Internet.

—¡Es la tercera área metropolitana más grande en todo el mundo! —afirmó con gran énfasis.

—Los números son importantes, por supuesto —aceptó Amalia—. Pero hay bastante más que eso. Cuando vengan a pasarse unos días en la ciudad de México van a poder ver mucho de nuestra historia. Están las pirámides del Sol y de la Luna en Tenochtitlán, la capital del Imperio azteca. Hay magníficos edificios antiguos que muestran qué importante era la ciudad durante la época de la colonia. También iremos al Museo Antropológico, donde pueden verse el arte de las numerosas culturas que florecieron en lo que hoy día es México. Y veremos obras de los grandes muralistas, en especial de Diego Rivera, que pintó tan hermosamente la historia de nuestro pueblo. Y visitaremos la casa de Frida Kahlo y los jardines de Chapultepec. Esos jardines flotantes recuerdan que la ciudad de Tenochtitlán fue construida sobre un lago . . .

Julián escuchaba fascinado. Confiaba que no tardaría mucho en ir a visitar a su tía y ver tales maravillas. A Amalia le resultaba todo muy distante de sus sentimientos presentes.

Antes de irse, la tía Amalia compró una cámara web y la instaló en la computadora de su hermana. Luego logró que todos prometieran que iban a hacer lo mismo. Al día siguiente de haberse ido llamó a Rocío y conversaron animadamente por medio de la computadora.

—Podrías usarla para llamar a Martha —le sugirió a Amalia su madre, después de terminar de hablar con la hermana. Pero Amalia se encogió de hombros. En ese tiempo de dolor la compañía de Martha le hubiera sido valiosa, especialmente porque no habría tenido que decir una palabra. Su amiga siempre entendía sus sentimientos sin tener que describírselos. En ese momento el solo pensar que tendría que explicarle lo que sentía era demasiado. Y, por cierto, no era algo que quisiera hacer ni por teléfono ni por la computadora.

Continuaba confundida. No podía creer que hubiera quienes se sintieran felices cuando ella extrañaba tanto a su abuelita. La casa olía a comida y a flores, y esos olores que le resultaban siempre agradables ahora le daban dolor de cabeza.

No podía dejar de recordar ese último viernes en casa de su abuela; cada momento, cada palabra. Y empezó a preguntarse si su abuela no había estado equivocada al querer tanto a personas que luego podían continuar su vida tan fácilmente cuando ella ya no estaba.

Todo le parecía injusto y se enojaba solo de pensar en ello.

14. Experiencias distintas

—¿Te gustaría que visitáramos a tus primos en el verano? —le preguntó la madre a Amalia el día después de que todos partieron. Era sábado y, como de costumbre, estaban desayunando sin prisa en la cocina.

El padre había colocado en un florero en el centro de la mesa varias ramas que lucían hojas con brillantes colores otoñales. Amalia se alegró de que hubiera elegido ramas en lugar de flores. Había habido demasiadas flores en la casa la semana anterior.

La madre había preparado un desayuno variado con una tortilla española de verduras adornada con frutas y rollos de canela horneados.

—No sé —contestó Amalia, mirando los rollos recién horneados, cubiertos de azúcar acaramelada, que tanto le gustaban, pero que ahora le parecían aburridos.

—Ya sé que habíamos prometido llevarte en el verano a Puerto Rico a conocer a la familia de tu padre —continuó la madre—. Pero hemos pensado que podríamos adelantar ese viaje e ir durante las vacaciones de Navidad, y así pasarías algún tiempo con tus primos en el verano.

Amalia lo pensó por un momento. Le era difícil entender sus sentimientos. Por mucho tiempo había deseado ir a Puerto Rico a conocer a la familia de su padre, a visitar el Viejo San Juan y, sobre todo, a nadar en las hermosas playas. Pero nunca se le hubiera ocurrido que sus padres quisieran viajar en las Navidades. Nunca habían viajado en esa época, pues siempre había sido una época especial que compartían con su abuelita. Quizá esa era la razón por la cual estaban proponiendo ese viaje. Las Navidades sin la abuelita serían muy tristes. Por otro lado, no sabía si quería ningún otro cambio. En cuanto a sus primos, no lograba entenderlos. Hubiera querido conocerlos mejor, pero le habían parecido muy indiferentes a la pena que ella sentía.

Por fin, dijo:

—No puedo creer que Julián y Lucía pudieran

estar tan contentos. . . . Ya sabes . . . después de lo que ocurrió . . .

Le era muy difícil mencionar la muerte de su abuela directamente, y se dio cuenta de que nunca había dicho en voz alta que había fallecido.

—Después que tu abuelita murió —sugirió su padre.

—Amalita, tus primos nunca tuvieron la misma oportunidad que tú de conocer a la abuelita, cariño, nunca compartieron con ella tantas cosas como tú —dijo su madre.

Amalia se quedó en silencio, viendo cómo la mantequilla se derretía sobre los rollos de canela. No tenía ganas de comer.

La madre observó el plato de Amalia y se levantó de la mesa:

—Yo no tengo mucho apetito tampoco. ¿Me acompañas, Amalia? Tengo algo para ti.

La siguió en silencio. Cuando llegaron al cuarto de huéspedes, la madre abrió una gaveta y le entregó una caja. Ella la reconoció inmediatamente. Era la caja de madera de olivo de su abuela.

—Sé que a mamá y a ti les gustaba mucho mirar esas tarjetas.

Y le dio un beso en la frente.

Amalia asintió y sujetó la caja con las dos manos.

La abuelita le había enseñado en distintos momentos algunas de las cosas que guardaba en la caja, pero nunca había visto todo lo que contenía. Nada le hubiera gustado tanto como tener esa caja. Pero no estaba segura de si debía aceptarla. Su madre era hija de la abuelita. ¿No le correspondía a ella guardarla?

—Mami, ¿estás segura de que no la quieres tú? Abuelita la cuidaba tanto . . .

—Gracias, amor. Pero yo tengo las cartas que me escribió y otros recuerdos suyos que valoro mucho. Y estoy segura de que ella hubiera querido que esta caja fuera para ti. Cuídala bien y alguna vez podemos mirar juntas las cosas que hay guardadas aquí, quizá en Navidad.

Y a Rocío se le humedecieron los ojos por la generosidad de su hija.

—Gracias, mamá.

Amalia le dio un beso y tomó la caja. Y mientras

su madre la abrazaba sintió que el corazón se le llenaba de ternura.

Se fue lentamente a su sitio preferido, junto a la ventana, llevando la caja de olivo con mucho cuidado, como si fuera un pajarito que se hubiera caído del nido.

15. Un regalo inesperado

Amalia miró la caja por un largo rato sin atreverse a abrirla.

Abrir la caja significaría que podría leer algunas de las cosas que habían sido importantes para su abuela. Gran parte de la tristeza que sentía era por saber que ya nunca más podría oír a la abuela contarle historias de su vida, pero mirar el contenido de la caja, leer las tarjetas y postales sería un poco como volver a estar con ella.

Por fin, Amalia abrió la caja lentamente. Encima de todas las tarjetas estaba la que ella le había dibujado a su abuela las Navidades pasadas. Era un dibujo de Santa Claus rodeado de regalos. La abrió y leyó las letras que había cubierto con brillante polvo plateado: «Te quiero mucho, abu».

Durante todo el año se había olvidado de esa tarjeta, pero, al verla, se acordaba de lo que había disfrutado creándola. ¡Cuánto había cambiado su caligrafía desde el año pasado! Sin embargo, casi podía sentir la emoción con que la había escrito. ¡Y qué bueno que la abuelita la hubiera guardado!

Se preguntó qué historias sobre ella hubiera relatado su abuela si les hubiera enseñado la tarjeta a Julián y a Lucía. ¿Les hubiera contado que se le cayeron dos dientes de leche el mismo día? ¿O que ella le había enseñado a leer a Amalia con tarjetas en las que había escrito el nombre de sus flores y árboles favoritos? Estaba segura de que no habría mencionado aquel momento difícil de los DVDs, pero, en cambio, hubiera contado cómo les gustaba a las dos chuparse los dedos después de estirar la melcocha.

Y Amalia sonrió. Precisamente debajo de la tarjeta de Navidad de Amalia, había un sobre amarillo que tenía escrito su nombre. El corazón le dio un salto. ¿Qué podría haber dentro? Con todo cuidado sacó del sobre una tarjeta con un bosque de árboles en otoño, con su sinfonía de colores brillantes.

La abrió y, mientras leía el mensaje que le había escrito su abuela, le parecía oír su voz:

Querida Amalia:

Cada vez que vienes a visitarme el corazón me rebosa de alegría.

Cuando vi esta tarjeta, pensé en ti y recordé cuánto te gusta compartir recuerdos de la familia conmigo.

Siempre te querré mucho y estaré en tu corazón. Me encanta verte crecer.

¡Feliz Navidad!
Abuelita

P.D.: Te incluyo las recetas de mi madre para el flan de piña y el flan de coco. Me encantará enseñarte a hacerlos como ella me enseñó a mí, pero quiero que tengas estas recetas para que algún día las compartas con tus propios nietos.

Amalia miró la pequeña hoja de papel que el tiempo había vuelto amarillo, observó la letra elegante con que estaban escritas las recetas y se enjugó las lágrimas con el dorso de la mano. Luego volvió a guardar todo con mucho cuidado en la caja y cerró la tapa.

Se quedó un largo rato mirando los árboles a través de la ventana mientras acariciaba lentamente la lisa superficie de la caja de madera. Aunque estaba llorando, estas lágrimas eran distintas. Por primera vez en todo ese tiempo, llorar la hacía sentirse bien.

16. Una tranquila mañana de domingo

El domingo por la mañana Amalia se levantó antes que sus padres. Se sentó en la cama y escuchó el silencio. Después de haber tenido tantos visitantes durante un par de semanas, la casa se sentía sorprendentemente tranquila.

Bajó las escaleras abrazando contra el pecho la caja de madera de olivo. Miró la mesa del comedor desnuda y colocó la caja sobre el aparador. Del cajón en que su madre guardaba los manteles, sacó el que había sido de su abuelita. Había visto a su tía Amalia colocarlo allí.

Extendió el mantel sobre la mesa y lo alisó con cuidado, para que no le quedara ninguna arruga. Luego puso la caja de su abuelita sobre el mantel y regresó a su cuarto. Volvió con papel, tijeras, lápices de colores y sobres. Se sentó a la mesa y se pasó toda la mañana dibujando.

Su madre le trajo un vaso de leche y un rollo de canela, y le besó la cabeza sin decir nada.

Al mediodía, Amalia había terminado cuatro tarjetas. Una, para el tío Manuel, tenía la forma de un muñeco de nieve con un gran bigote. En otra, para Julián y Lucía, había dibujado a dos chicos deslizándose en un trineo. La de la tía Gabriela y el tío Patricio tenía una hermosa guirnalda cubierta de cintas y ornamentos. Y para la tía Amalia, dibujó a una de las bailarinas de la suite *Cascanueces*.

Su padre se le acercó. Viendo lo ocupada que estaba, no se quedó mucho rato, pero le dijo:

—Parece que tienes cartas que enviar. Dime cuando hayas acabado. Yo voy a salir a resolver un par de cosas y te puedo llevar al correo. Compraremos sellos en las máquinas automáticas.

—Gracias, papi, pero no estoy segura de acabar hoy. Quizá podamos ir otro día, después de clases. Todavía no he escrito los mensajes.

Le parecía estar oyendo decir a su abuelita: «Me gusta preparar mis tarjetas con calma. De ese modo puedo pensar con cuidado lo que quiero poner en cada una. ¡Son tantas las cosas que quisiera decir . . . !».

Amalia recordó que ella siempre releía las tarjetas que había recibido antes de escribir las suyas. Por eso, abrió la caja y empezó a mirar las que estaban allí guardadas.

17. Hojas de colores

Amalia leyó y releyó tarjetas y cartas durante toda la tarde. Algunas eran del año anterior, pero otras eran de muchos años atrás. Separó las que habían enviado los familiares que asistieron al entierro y las de algunas otras personas que conocía, y las puso sobre la mesa. Dejó el resto dentro de la caja.

Casi todas las tarjetas tenían, además de felicitaciones, palabras de agradecimiento. Muchas expresaban aprecio por el cariño y cuidado de la abuelita y por su interés y sus consejos, y mencionaban el papel que su presencia había tenido en la vida de quienes escribían.

Después de leer las tarjetas, Amalia se quedó pensativa. Le parecía que para su abuelita había sido importante saber que había contribuido a la vida de otros. De pronto, se imaginó que ella le estaba sonriendo al compartir lo que era verdaderamente valioso en la vida.

Siguió mirando dentro de la caja. Un grupo de cartas estaban atadas con una cinta azul y en el lazo había una alianza, un sencillo anillo de oro. Amalia tomó el paquete, pero decidió guardarlo para otro momento.

«Algún día le pediré a mami que me explique quiénes son estas personas», pensó. En ese momento, quería completar la tarea que se había propuesto.

Salió al patio. El otoño había avanzado y la mayoría de las ramas estaban desnudas. Muchas de las hojas que habían caído estaban rotas o pisoteadas. Después de buscar con cuidado, pudo encontrar varias en buenas condiciones. Eran de distintas tonalidades: rojo brillante, doradas, moradas y de un amarillo pálido.

Y mientras volvía a entrar a la casa, pensó: «Voy a enviarle una hoja a cada uno, para que recuerden nuestro otoño, abue».

18. Un bigote como el de Zapata

Sentada en el comedor, con las hojas de colores resplandecientes sobre la mesa, Amalia leyó las cartas de su tío Manuel. Estaban escritas en español. Así que, cuando se puso a escribirle, lo hizo también en español:

Querido tío:

Abuelita hablaba mucho de ti. Siempre decía que eras un gran hijo.

«¿Sabes de alguien que haya regresado a México a trabajar el campo? —me preguntaba—. Mi hijo lo hizo. Para cuidar de nuestro rancho».

Estaba muy orgullosa de ti.

Quiero que sepas que te quería mucho. Y que pensaba que eras un gran ejemplo de honor y de lealtad.

Lo que nunca me dijo es que tenías un

bigote tan grande como el de Zapata. ¿Es
que nunca le enviaste una foto después de
dejártelo crecer?

Te mando una hoja de nuestro patio para
que te acuerdes de nosotros y para que
regreses a visitarnos.

Tu sobrina Amalia

Amalia se alegró de ver qué fácil había sido
escribirle a su tío en español y se sintió feliz de
que su abuela hubiera insistido en leer con ella
tantos libros en su propio idioma.

—No basta con saber hablar un idioma, hijita
—le decía a menudo—, también es importante
poder leerlo y escribirlo.

Se cansó de estar sentada y de haberse con-
centrado tanto y se levantó para estirar los brazos
y las piernas.

En ese momento, su madre entró en el
comedor. Y con cuánto gusto la oyó Amalia decir:

—Puedes dejar tus cosas en la mesa. Ya termi-
narás mañana. Anda, hijita, ¿por qué no te cambias?

Y se sintió aún más contenta cuando la madre
comentó:

—Tu padre y yo pensamos que sería una buena idea que vayamos a jugar al golf miniatura. No has salido de la casa por mucho tiempo. . . .

Mientras subía las escaleras corriendo hacia su cuarto, oyó las últimas palabras:

—Hay un sitio nuevo donde podemos jugar bajo techo. Creo que te va a gustar muchísimo.

19. Un anillo de oro

El lunes cuando regresó de la escuela, Amalia se fue directo a la mesa del comedor. Durante todo el día había estado pensando en el manojo de cartas atadas con la cinta azul y el anillo de oro.

Tiró de un extremo de la cinta y, cuando el lazo se deshizo, le quedó en la mano el anillo, ancho y algo gastado por el uso. Las cartas eran todas de la tía Amalia y estaban ordenadas según la fecha. Se las había enviado a su madre muy poco después de la muerte de su esposo, Julián.

Al leerlas, comprendió que las palabras de su tía animaban a la abuelita a seguir sus propios consejos, los consejos que antes ella le había dado a su hija.

Amalia se había quedado muy deprimida después de divorciarse. Y no tenía ánimos de hacer nada. Su madre la había estimulado a mirar hacia adelante, a dejar la tristeza atrás y a encontrarle un nuevo significado a la vida.

En una de las cartas, había escrito:

Tú me insistías en que debía encontrar algo que le diera sentido a mi vida. Me recordaste cuánto me gustaba dibujar trajes, y eso me animó a venir a México, a estudiar diseño . . . y, sí, mi vida ahora tiene un propósito que la llena.

Ahora te toca a ti hacer lo mismo. Estás desconsolada porque papá ha muerto, pero tienes que encontrar una razón para vivir. ¿Y esa nietecita a la que le han dado mi nombre? Hay tanto que podrías compartir con ella. . . .

Amalia se sorprendió mucho. Leyó las palabras una y otra vez. ¡Su tía había escrito sobre ella . . . ! ¡Decía que ella, que era entonces una bebita, era una buena razón de vivir para la abuela . . . !

Se apresuró a leer las cartas siguientes. Amalia la mencionaba en todas y hacía preguntas basadas en cosas que la madre le había escrito, como, por ejemplo, si todavía Amalita sonreía cada vez que la tomaba en brazos. Los comentarios le iban retratando su vida de bebé, contando qué graciosa se veía cuando le salieron los dos primeros dientes, con cuánto entusiasmo había aprendido a ponerse de pie y a caminar, y que una de sus primeras palabras había sido «ita», que todos reconocieron como «abuelita».

En la última carta del paquete, había escrito: «Me alegra mucho, mamá, que hayas podido oír tus propias palabras en mi voz. Y que cuidar de tu nieta le haya dado tanto sentido a tu vida».

A Amalia volvieron a humedecérsele los ojos. Pero a medida que se le llenaban de lágrimas, su corazón se aligeraba. Todavía estaba muy triste porque su abuelita ya no estaba y la extrañaba mucho, pero qué lindo era enterarse de que había sido tan importante para su abuela. Gracias a las cartas de su tía sabía con seguridad cuánto había significado para su abuela en un momento difícil de su vida. Reconocía muy bien cuánto había recibido de su abuela. Qué tranquilidad le daba comprender que también ella le había brindado algo.

Ahora, observando las hojas de colores sobre la mesa, las hermosas hojas que había recogido el día anterior, el rojo radiante de una le recordó la que su abuela le había mostrado la última tarde en que estuvieron juntas.

Amalia la miró por un largo rato. Entonces dobló un papel en dos, para hacer otra tarjeta. Por la parte de afuera dibujó una casa rodeada de árboles. Sus hojas, doradas, amarillas, anaranjadas y rojas resplandecían como una puesta de sol.

Una vez que terminó el dibujo, abrió la tarjeta y escribió, con su mejor letra:

Siempre te querré mucho, mucho, mucho, abue. Gracias por creer que quererme era tan importante. Tu cariño me ha hecho sentir siempre muy especial y me alegra mucho que sigas en mi corazón.

Amalia

Con mucho cuidado volvió a atar las cartas con la cinta azul. Luego puso la tarjeta que le había escrito a su abuelita sobre todas las demás. Abrió la cadena de oro que llevaba puesta y colgó de ella el anillo. Cerró la tapa de la caja lentamente y se fue muy callada a su cuarto. Todavía tenía lágrimas en los ojos por la ausencia de su abuela, pero también había en su corazón una ternura cálida que la hacía sentirse acompañada.

20. Temporada de fútbol

A lo largo de la semana, Amalia se pasó las tardes haciendo tareas de la escuela. Como había faltado bastante, tenía mucho trabajo pendiente para ponerse al día. Quería cumplir con sus responsabilidades para tener tiempo para practicar antes de que comenzara la temporada de fútbol en la escuela.

Amalia había pensado que, sin Martha en el equipo y sin su abuelita y su termo de chocolate caliente para beber después del partido, no valía la pena jugar al fútbol.

Pero su padre había sido muy firme:

—No puedes abandonar tu equipo. A tu abuelita no le hubiera gustado ser la razón de que dejaras de hacer algo que te gusta tanto.

Hacía mucho tiempo que su padre no le hablaba con tanta firmeza:

—¿Me has comprendido?

—Sí, papi.

Le dio un abrazo y la invitó a salir con él a practicar un rato.

—Tienes que hacer ejercicio. Así que, si no juegas al fútbol, tendrás que buscar otro deporte. Te aseguro que en cuanto te veas con tu equipo, todas listas para empezar un partido, te sentirás con ganas de jugar. Lo haces muy bien y sabes que a tu abuelita le encantaba verte feliz.

El viernes por la tarde Amalia ya había completado sus tareas. Había estado lloviznando todo el día y, por eso, no podía salir a practicar con su padre. En cambio, puso el mantel de encaje sobre la mesa y se dispuso a terminar las cartas para sus familiares.

Escribió unas cuantas líneas en las tarjetas que había dibujado para sus tíos Patricio y Graciela y para Julián y Lucía. Les decía cuánto se alegraba de haberlos conocido, aunque le había sido muy difícil demostrárselo porque estaba tan triste por la muerte de su abuelita. Y terminaba contándoles que, posiblemente, los vería en el verano.

Luego empezó una carta para la tía Amalia.

Querida tía Amalia:

Aunque no te había visto en mucho tiempo, siempre has sido muy especial para mí porque llevo tu mismo nombre y porque eres la única hermana de mamá. Ella tiene tu foto sobre su cómoda y siempre te tira besos cuando cree que nadie la ve.

También eres muy especial para mí porque la abuelita hablaba mucho de cuando mamá y tú eran chiquitas.

Mi padre dice que ella nos dio a todos un último regalo porque hizo que nos reuniéramos.

Mami me dio la caja de madera de olivo de la abuelita, y dentro encontré algunos regalos muy valiosos para mí.

La abuelita me había escrito una tarjeta para las próximas Navidades, y voy a guardarla siempre con mucho cariño.

En la caja había otro regalo. Un regalo tuyo. Leí las cartas que le enviaste después que murió el abuelito. Me conmovió mucho saber que el cariño que ella me tenía le devolvió las ganas de vivir.

Gracias, tía Amalia. No solo me has dado

mi nombre, sino que también me has ayudado a comprender lo que yo significaba para la abuelita.

Te quiero mucho.

Tu sobrina Amalita

21. Amigas todavía

El sábado por la mañana, al despertarse, Amalia oyó que sus padres ya estaban en la cocina. Se vistió rápidamente, con un par de vaqueros y su camisa azul favorita. Empezó a cepillarse el pelo y vio la caja de madera de olivo que había llevado a su cómoda. Había quitado todo lo que antes tenía allí, y la caja estaba en el centro del mueble, frente al espejo. Se quedó mirándola por un rato.

Realmente había sido afortunada. Y esa caja le recordaría todos los días un lazo especial que nunca se rompería.

Además, tenía el secreto que le habían revelado las cartas de su tía Amalia. En un momento de gran tristeza para su abuelita, ella la había ayudado a encontrar una nueva alegría y un nuevo propósito para vivir.

Mientras se preparaba para bajar a reunirse con sus padres, se prometió que siempre recordaría a su abuelita, su mirada, su suave olor a jazmín, sus manos cariñosas . . . y que guardaría para siempre sus palabras. Y entonces se acordó de lo último que le había dicho: «Encontrarás el modo de continuar en contacto con Martha».

Durante las últimas semanas, no había querido pensar en Martha. El dolor de la pérdida de su abuela había ocupado todos sus pensamientos. Poco a poco había empezado a interesarse en sus familiares. Esos tíos y primos de los que la abuelita hablaba siempre eran personas reales que compartían más de su propia historia de lo que ella podía imaginar.

Acordándose de las palabras de la abuelita, entendió que también podría volver a pensar en Martha. Abrió el último cajón de la cómoda. Allí, debajo de algunos suéteres, estaba el sobre que le había dado. En la esquina superior izquierda, sobre la nueva dirección, en lugar de su nombre, Martha había escrito: «Tu mejor amiga».

Amalia se sentó a su escritorio y puso el sobre a un lado. Más tarde vería lo que había en él, pero no en ese momento. También habría tiempo de aceptar la oferta de sus padres y de llamar a Martha por la computadora. Pero no era el momento. Ahora escribiría una tarjeta más. Antes de poder hablar con ella, Martha tenía que saber lo que había pasado con su abuelita.

Usando una pluma de tinta dorada que a su amiga le gustaba mucho, empezó a escribir muy despacio, pensando en cada palabra:

Querida Martha:

Me alegro mucho de que seamos amigas. Recuerdo todo lo que nos hemos divertido y que, cuando me rompí la muñeca, tú fuiste mi mano derecha.

Algunas veces es muy difícil decir adiós. Como me dolía tanto que te fueras, no pude decirte cómo me sentía y lo lamento mucho.

Ha pasado la cosa más triste del mundo. Mi abuelita se ha ido para siempre. Murió apenas unos días después que te fuiste. Ha sido muy difícil para mí porque nunca pude despedirme ni decirle cuánto la quería.

Todos dicen que murió muy serena, tal como había vivido. Para mí, es muy difícil imaginar la vida sin ella.

Las últimas palabras que me dijo fueron: «Encontrarás el modo de continuar en contacto con Martha». Esta es la razón por la que te estoy escribiendo ahora. Y por eso, te mando una hoja dorada de nuestro patio, ya que el dorado es tu color preferido.

Te echo de menos en la escuela. Y no va a ser divertido empezar las prácticas de fútbol sin ti la semana próxima. Pero aunque estás tan lejos, podemos encontrar la forma de seguir siendo buenas amigas. . . .

Por eso, te voy a contar un secreto. En el centro de protección de animales donde trabaja la madre de Teresa, están buscando voluntarios que cuiden gatitos pequeños. Los voluntarios crían una camada de gatitos en su casa hasta que estén listos para adopción. Entonces los devuelven al centro.

Ya sabes cuánto me gustan los gatitos. Cuando Teresa me dio una hoja que explicaba el programa, la metí en mi mochila sin mirarla, pensando que lo último que necesito es perder una vez más algo que quiero. Pero ahora les voy a preguntar a mis padres si puedo intentarlo. Espero que digan que sí.

Ha sido muy doloroso para mí que te mudaras. Pero hubiera sido peor no haberte tenido como amiga. Así que, cuando me escribas, sugiéreme los nombres que más te gusten para gatitos.

Un abrazo.

Amalia

Recetas

Puedes hacer los deliciosos flanes que se mencionan en este libro si sigues las instrucciones en estas recetas. Eso sí, ¡con la ayuda de un adulto!

Flan con sabor a piña

Ingredientes

Una lata de leche condensada de 14 onzas

Una lata de leche evaporada de 12 onzas

2 tazas de agua

Una caja de gelatina de piña de 6 onzas [o dos cajas de 3 onzas]

1/2 cucharadita de sal

Para 8 personas

Instrucciones

1. Mezcla el contenido de la lata de leche condensada y la lata de leche evaporada en un bol. El mejor modo de hacerlo es volcando primero toda la lata de leche

condensada y luego añadiéndole la mitad de la leche evaporada en el bol. Enseguida se vierte la otra mitad de la leche evaporada dentro de la lata de leche condensada y se revuelve. Así se puede aprovechar toda la leche condensada y comenzar a mezclar bien las dos leches.

2. En una cacerola, pon a hervir dos tazas de agua. Cuando hierva, agrégale la sal y la gelatina. Revuelve hasta que la gelatina se disuelva por completo.

3. Vierte la gelatina disuelta sobre la leche, muy despacio, revolviendo constantemente. Luego, vuelca el agua sobre la leche para obtener un flan cremoso. Si viertes la leche sobre el agua, se forman grumos.

4. Continúa removiéndolo hasta que esté bien mezclado.

5. Cúbrelo y colócalo en el refrigerador por una hora.

¡Disfrútalo!

Flan de coco

Ingredientes

6 huevos

6 yemas de huevo adicionales

Una lata de leche condensada de 14 onzas

Una lata de leche evaporada de 12 onzas

15 onzas de leche (no agua) de coco

1 1/2 taza de crema espesa

3 cucharaditas de esencia de vainilla

2 tazas de azúcar blanco

1/2 cucharadita de sal

1 taza de coco rallado tostado

Para 12 personas

Instrucciones

1. Calentar el horno a 350º F (175º C)

2. Derretir sobre fuego lento una taza de azúcar en una sartén de tamaño mediano, revolviéndola con una cuchara de madera. Cuando se haya derretido y esté de color caramelo, cubrir con el azúcar el fondo de una fuente de vidrio para hornear. Apisonar 3/4 de taza de coco rallado tostado sobre el azúcar

derretido mientras esté todavía tibio.

3. En un bol grande, batir, con batidora eléctrica, los huevos, las yemas adicionales, una taza de azúcar y la sal hasta que se hayan mezclado perfectamente. Echar la leche condensada, la leche evaporada, la leche de coco, la crema y la vainilla; mezclar hasta que todo quede bien disuelto, aproximadamente dos minutos. Echar despacio la mezcla sobre el azúcar derretido y el coco en la fuente de vidrio para hornear. Colocar esa fuente dentro de una fuente o bandeja de hornear más grande. Echar agua en esta última hasta que la más pequeña quede rodeada con una pulgada de agua.

4. Hornear el flan a baño maría por 75 minutos o hasta que, al insertarle un palillo, éste salga limpio.

5. Sacar el flan del horno y dejarlo enfriar toda la noche en el refrigerador.

6. Con un cuchillo o una espátula separar los bordes del flan. Invertirlo sobre una fuente. Decorar con 1/4 taza de coco rallado tostado

A NUESTROS LECTORES

Puedes escribirle a Alma Flor Ada [almaflorada.com] o a Gabriel Zubizarreta [GabrielMZubizarreta.com] para decirles:

1. ¿Qué crees que había en el sobre de Martha?
2. ¿Cómo te imaginas la tarjeta para Martha?
3. ¿Qué pondrías en un sobre para tu mejor amigo o tu mejor amiga si te mudaras?
4. ¿Qué nombres elegirías para los gatitos?
5. ¿Has inventado alguna vez un juego en el que haya que adivinar algo? ¿Cómo se juega?
6. ¿Tienes algún objeto que te trae recuerdos? ¿Qué es? ¿Quién te lo dio?
7. ¿Hay alguien que haya sido para ti como un "ángel de la guarda"? Cuéntanos algo de esa persona.

Una guía para comentar
en grupo la lectura de

Con cariño, Amalia

Sobre el libro

Martha, la mejor amiga de Amalia, se va a mudar a otro estado y Amalia se siente triste y enojada. Sin embargo, aunque la vida parece injusta, las sabias palabras de su abuelita la ayudan a sentirse algo mejor. Amalia disfruta mucho el tiempo que comparte con su abuela: cocinando, escuchando música y oyendo cuentos, aprendiendo y mirando las tarjetas que su abuela guarda en una caja como un tesoro. Y la relación con su abuela le sirve de consuelo.

Pero cuando Amalia tiene que enfrentarse a otra pérdida, que cambia por completo su vida, nada tiene sentido. En medio de su dolor, ¿podrá Amalia darse cuenta de que es una persona muy especial, aun si las personas a quienes ama ya no están cerca?

Este relato de la transformación de una niña como resultado del dolor y el amor escrito por autores altamente reconocidos en la literatura hispánica ha sido publicado en español y en inglés.

Preguntas para el diálogo

1. Al comienzo del libro, la abuelita de Amalia le dice: "—Estás muy callada, hijita. Dime lo que te preocupa." Reflexiona sobre la capacidad de la abuelita para darse cuenta de que Amalia está triste. ¿Qué puede deducirse de la relación entre ellas a partir de esta conversación?

2. Reflexiona sobre la costumbre de Amalia de ir a casa de su abuela los viernes, después de clase. ¿Por qué la presencia de Martha en esas visitas hace que la abuela comprenda mejor el sentimiento de pérdida que Amalia siente cuando Martha se muda?

3. Describe a Amalia. ¿Qué la hace una persona dinámica?

4. Abuelita le dice a Amalia: " —Sé lo difícil que es aceptar que una persona querida se marche . . . Primero uno se enfada, luego se pone triste y después parece tan imposible

que uno desea negarlo. Pero cuando se hace evidente que es verdad, regresan la rabia y la tristeza, a veces más dolorosas todavía que antes. . . ." Aunque está tratando de ayudar a Amalia a aceptar que su mejor amiga se ha mudado lejos, ¿de qué modo las palabras de la abuela anticipan la pérdida profunda que Amalia va a experimentar? ¿Has sufrido alguna vez la pérdida de una persona querida? Si es así, ¿qué consejo le darías a alguien que ha sufrido una pérdida similar?

5. Observa la cubierta del libro. ¿De qué modo simboliza la imagen los eventos que ocurren a través del libro?

6. ¿Por qué razón crees que Amalia decidió no abrir el paquete que le dio Martha? ¿Actuarías tú del mismo modo? ¿Por qué?

7. ¿Qué nos dice de la personalidad de la abuela el que guarde con tanto cuidado las cartas y tarjetas de su familia? ¿Coleccionas tú cosas que otros te dan? Si es así, ¿qué significa para ti guardarlas?

8. ¿Qué impacto profundo tienen en la vida de Amalia el que Martha vaya a vivir lejos y el que su abuelita muera?

9. ¿Por qué decide Amalia contarle a su abuelita y no a sus padres que había robado algo en la escuela? ¿Crees que hizo bien en elegir contárselo a la abuela? ¿Crees que el castigo que le dio la directora era justo? ¿Qué piensas que Amalia aprendió de esta experiencia?

10. Aunque sufrir el dolor de la muerte de su abuela es muy difícil para Amalia, ella se da cuenta que, en comparación a sus primos ha sido afortunada. ¿Por qué? ¿Has tenido la oportunidad de tener una relación cercana con uno de tus abuelos o abuelas, o con algún otro familiar? Si es así, ¿qué hecho que esa relación sea especial?

11. ¿Cómo mantiene Amalia las costumbres y tradiciones de su abuela después de su muerte? ¿De qué modo estas acciones la hacen sentirse mejor? ¿Hay en tu familia algunas tradiciones o costumbres relacionadas con personas que han muerto? ¿Por qué es importante mantener esas costumbres y tradiciones?

12. ¿Cómo afecta a Amalia el recibir de su madre la caja de madera de olivo, tanto en relación a la partida de Martha como al fallecimiento

de su abuela? ¿Tienes tú algún objeto que te relaciona a alguien? ¿Por qué es ese objeto especial para ti?

13. Explica el significado del título, *Con cariño, Amalia*. En tu opinión, ¿cómo se relaciona a las acciones y relaciones presentadas en el libro?

14. Completa la oración "Esta historia es sobre . . ." con cinco palabras que describan *Con cariño, Amalia*. Explica por qué elegiste esas palabras.

Actividades e investigación

1. La comida juega un papel importante en esta novela y en la relación de Amalia con su abuela. Invita a una persona especial en tu vida a que te ayude a preparar alguno de los postres cuyas recetas aparecen en el libro. Cuando terminen de prepararlo, ¡disfruten del postre y de la compañía!

2. Porque hoy en día es tan común el uso del correo electrónico y los mensajes escritos por teléfono son pocas las personas que escriben cartas a mano. Reflexiona en cómo Abuelita usaba sus tarjetas para dejarles saber a los demás lo que significaban para ella. Siguiendo

su ejemplo crea e ilustra tarjetas o escribe cartas a mano. Recuerda que lo importante son los sentimientos que quieres compartir, así que ¡hazlo libremente y diviértete!

3. En *Con cariño, Amalia*, parte de la historia se centra en la relación de Amalia con su familia y las personas a las que más quiere. Piensa en las personas a las que quieres. ¿Por qué son importantes para ti? Comparte tus sentimientos en tu diario personal. Asegúrate de contestar estas preguntas:

- ¿Quiénes son las personas más importantes para ti?

- ¿Por qué es tu relación con estas personas especial?

- ¿Cuál es el mayor sacrificio que has hecho por alguna persona a la que quieres?

- ¿Ha afectado algún cambio en tu vida a las personas cercanas a ti? ¿Cómo?

Comparte lo que has escrito con el grupo.

4. En *Con cariño, Amalia* aparecen distintos lugares. ¿Por qué es importante cada uno de ellos en el desarrollo de Amalia? Utilizando las descripciones que aparecen en el libro,

ilustra los lugares que consideras son los más importantes en la historia. Escribe una breve explicación de la importancia de cada lugar que hayas ilustrado y di por qué crees que es importante.

5. Al despedirse de Amalia, Martha le entrega un sobre abultado, que posiblemente contiene cosas que ayudarán a que Amalia la recuerde. Si fueras a preparar un paquete semejante para tu mejor amigo o amiga, ¿qué incluirías? Haz una lista de las cosas que pondría en tu paquete y explica qué significado tendría cada cosa para ustedes dos.

6. Los familiares de Amalia viven en distintos lugares. Utiliza la biblioteca y el internet para aprender más sobre la ciudad de México, un rancho mexicano, Costa Rica y Puerto Rico. Si pudieras ir a alguno de estos lugares, ¿cuál elegirías? ¿Por qué?

Guía escrita por Rose Brock
Simon & Schuster provee esta guía para su uso en aulas,
bibliotecas, y grupos de lectura. Puede ser reproducida en todo,
o en parte, para esos usos.

Aun cuando no se sientan como en casa,
pueden encontrar Margie y Lupe
una manera de pertenecer?
En la página siguiente hay un extracto de la
historia conmovedora por Alma Flor Ada y
Gabriel M. Zubizarreta de la amistad, la familia,
y la experiencia clásica de los inmigrantes.

PUBLICADA POR
ATHENEUM BOOKS FOR YOUNG READERS

El mapa

Margie se sentía nerviosa mientras esperaba a la directora de la escuela, sentada en una silla frente a su oficina. Mantenía los ojos fijos en un mapa enorme que cubría por entero la pared. Aunque la señora Donaldson siempre le había parecido una persona agradable, Margie nunca antes había tenido que dirigirse a ella.

El mapa mostraba Canadá, los Estados Unidos y parte de México. Alaska y el resto de los Estados Unidos aparecían en un color verde fuerte y vívido. Canadá era de color amarillo brillante. Sin embargo, la pequeña parte de México que se veía era de un color arenoso y apagado, un color cuyo nombre Margie no hubiera podido precisar.

Para ella, los mapas eran una invitación a soñar, una promesa de que algún día visitaría lugares distantes, de cualquier región del mundo. Al mirar ese mapa, podía imaginarse admirando los glaciares gigantescos de Alaska, sorprendiéndose frente al Gran Cañón del Colorado, dejando que su vista se perdiera en las llanuras interminables del centro de los Estados Unidos, tratando de orientarse en medio del bullicioso Nueva York u observando las costas rocosas de Maine. Pero cuando sus ojos empezaron a traspasar la frontera sur del país, dirigió la vista a otra parte.

«Ese no es un sitio que quiero visitar», pensó, recordando tantas conversaciones entre sus padres y algunos vecinos: historias de familias sin suficiente dinero para vivir una vida digna, de gente enferma sin recursos para recibir atención médica, de personas que habían perdido su casa o sus tierras. A medida que rechazaba esos pensamientos, su corazón se llenaba de orgullo porque sabía que ella había nacido al norte de esa frontera, en los Estados Unidos de América, porque sabía que era estadounidense.

Miró a la niña que esperaba a su lado, sentada en otra silla: su prima Lupe, que no había tenido la suerte de haber nacido, como ella, en los Estados Unidos. Acababa de llegar de México y se veía completamente fuera de lugar con el vestido de fiesta que se había empeñado en usar: «Mi madre lo hizo especialmente para mí», había rogado, y la madre de Margie le había permitido ponérselo. El vestido era demasiado elegante para la escuela. Y Margie se sentía avergonzada de que la vieran con una prima vestida como muñeca.

Sus compañeros de clase se burlarían del vestido de organdí y de las largas trenzas de Lupe. Y le preocupaba que las burlas recayeran sobre ella también. ¿Volverían a mofarse, chillando «Maarguereeeeeta, Maarguereeeeeta» y preguntándole cuándo había cruzado la frontera desde México? ¡La habían molestado tanto!

Había sido una larga lucha tratar de que los chicos no la consideraran mexicana. Se sentía muy orgullosa de haber nacido en Texas. Era tan estadounidense como cualquier otro. Temía que, por culpa de Lupe y su tonto vestido, todo recomenzara. Ya podía oírlos preguntándole por qué no traía burritos para el almuerzo o riéndose mientras decían: «*No way*, José».

Todavía estaba pensando en cuánto le hubiera gustado convencer a Lupe de que se vistiera de manera normal, cuando apareció la directora. Caminaba apresurada y les hizo señas para que entraran con ella a su oficina.

—Buenos días, Margarita. ¿En qué puedo ayudarte?

Las palabras de la señora Donaldson encerraban un mensaje muy claro: «Estoy muy ocupada y no puedo perder ni un minuto».

—Buenos días, señora Donaldson. Le presento a mi prima Lupe. Acaba de llegar de México. Mi madre ha dicho que . . .

La directora, que había empezado a ordenar los papeles que tenía sobre el escritorio, la interrumpió:

—Tu madre la inscribió ayer, Margarita. Puedes llevarla a tu clase.

—¿A *mi* clase? —La voz de Margie estaba cargada de sorpresa y urgencia—. Pero ella acaba de llegar. Es de México. No sabe hablar.

La directora miró a Margie fijamente:

—Quieres decir que no sabe hablar inglés, ¿verdad? Porque me imagino que español sí sabe. —Y volviéndose a Lupe, le dijo muy despacio—: Bien-ve-ni-da a Fair Oaks, Lupe. Bonito vestido.

Lupe sonrió con timidez, pero siguió mirando hacia abajo y contestó con un tono que apenas podía oírse:

—Muchas gracias.

Margie impuso su voz:

—Bueno, sí, claro que habla español. Pero en mi clase hablamos solo en inglés. No se va a sentir bien, señora. —Se sorprendió de haberse atrevido a hablar con tanta audacia, contradiciendo a la directora, pero no quería por nada aparecer en el salón con su prima mexicana. «¿Por qué la señora Donaldson había alabado el tonto vestido de fiesta? ¿Por qué eran tan falsos los adultos?», se preguntaba.

La directora respondió con firmeza:

—La clase bilingüe de quinto grado tiene demasiados alumnos. No hay forma de añadir a alguien más. A juzgar por las calificaciones que ha traído, Lupe es muy buena estudiante. Y como tú la puedes ayudar, tanto aquí como en tu casa, espero que le vaya bien en tu clase. —Y con una voz que no dejaba lugar a discusión, añadió—: Creí que estarías feliz con esta decisión. ¡Es tu prima, Margarita!

La directora se mostraba tan severa que Margie optó por no decir nada más. Se levantó y le hizo señas a Lupe para que la siguiera. Al salir de la oficina, volvió a mirar el enorme mapa de los Estados Unidos. Era un gran país, y ella estaba muy contenta de haber nacido ahí y de hablar inglés tan bien como cualquiera de sus amigos.

Lupe la siguió por el pasillo. No había comprendido

la conversación con la directora. Le quedaba claro que su prima estaba enojada, pero no sabía por qué. Le llamaba la atención lo que iba viendo a medida que se acercaban al aula. ¡Todo era tan diferente de México! Nunca había estado en una escuela con tantas cosas en las paredes. Y todavía se le hacía difícil creer que los alumnos no usaran uniforme. La había sorprendido mucho cuando, poco después de llegar a California, su tía se lo había explicado. Tía Consuelo le había comprado ropa nueva, pero en ese primer día de clases, Lupe quiso usar el vestido de organdí rosado que su madre le había hecho. Parecía que a Margie no le gustaba, pero para ella era importante causar una buena impresión.

Cuando la prima abrió la puerta del aula, Lupe se sintió aún más sorprendida. Era evidente que estaban en un salón de clases, pero en lugar de las filas ordenadas de pupitres a las que estaba acostumbrada, allí los estudiantes estaban distribuidos en grupos por toda el aula. Y ¡cuántas cosas había!: carteles en las paredes, móviles colgados del techo, libros en los estantes . . . , ¡hasta una pecera! Y las carpetas y las mochilas, regadas por todas partes, hacían que el lugar se viera, incluso, caótico, que pareciera más una estación de autobuses que un salón de clases.

Totalmente asombrada, se quedó en la puerta, temerosa de entrar. Observándolo todo con el rabillo del ojo, recordaba el aula tan limpia y ordenada de su vieja escuela de México. De momento, se dio cuenta de que todos la estaban inspeccionando. Miró hacia abajo y se quedó contemplando el piso.

Mientras, Margie se había dirigido al escritorio de la maestra.

—Señorita Jones, le presento a mi prima Lupe González. La señora Donaldson me dijo que la trajera. Pero tiene que haber algún error. Ella debiera ir a una clase bilingüe, ¿no es cierto?

La maestra no le contestó y, en cambio, estaba a punto de dirigirse a Lupe. Margie volvió a mirar a su prima, que no se había movido, y le hizo señas de que se aproximara. Como la niña no se animaba a entrar, la fue a buscar y la llevó de un brazo. Lupe se sobresaltó, y todos los alumnos se echaron a reír. Alzó la vista y vio que a Margie se le había encendido la cara de vergüenza.

Completamente disgustada, Margie la condujo hasta el escritorio de la maestra.

—Buenos días, Lupe. ¿Cómo está usted? —dijo la señorita Jones muy despacio, pronunciando cada sílaba.

Sorprendida de que la maestra le hablara de un modo tan formal, Lupe no sabía cómo contestar. Pero sí sabía que debía mostrarse respetuosa y bajó la vista. En la clase, volvieron a oírse risas.

—Margie, haz que tu prima se siente a tu lado, al fondo de la clase, así podrás traducirle mis palabras. Lo único que sé de español es lo que acabo de decir.

—Pero, señorita Jones . . . —La urgencia en la voz de Margie había ido en aumento—. Yo no sé mucho tampoco. No voy a poder traducir lo que usted diga. Además, me siento adelante, junto a Liz.

—Te he cambiado al fondo. Así podrás traducir mientras yo hablo, sin molestar al resto de los compañeros. Ahora siéntate, por favor. La clase debería haber empezado ya. Y dile a tu prima que, aunque sienta timidez, debe mirarme mientras le hablo.

Margie se dirigió disgustada hacia su nuevo pupitre, pero Lupe se quedó parada frente al escritorio de la maestra. Todos los chicos empezaron a reírse de nuevo. Margie volvió y la tironeó de un brazo para que la acompañara. Lupe la siguió en silencio. Cuando se atrevió a levantar la vista y sonreír, los alumnos estallaron otra vez en carcajadas, hasta que la señorita Jones les ordenó que se callaran.